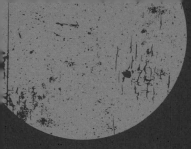

ISAKA
KOTARO

★ 阿夜——譯

伊坂幸太郎

フィッシュ
ストーリー

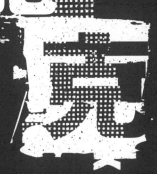

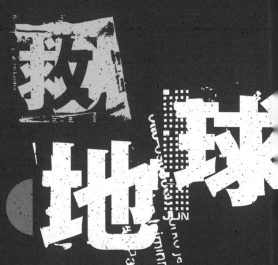

龐克救地球

FISH
STORY

目錄

導讀

奇想・天才・傳說

張筱森

雖然是篇談論伊坂幸太郎的文章，不過請先讓我稍微離題談一下二〇〇六年的第一百三十四屆直木獎。這屆的大事當然是東野圭吾在五度鎩羽而歸之後，終於以《嫌疑犯X的獻身》獲獎；可說是了卻他一樁心願，也替其出道二十年錦上添花一番。東野連續五度提名五度落選的事蹟，讓日本大眾文壇和讀者之間開始悄悄地流傳著一個聽來有點辛酸的名詞「東野圭吾路線」，意指不斷被提名、不斷落選，然後過了該得直木獎年紀的作家。而東野總算在第六次的提名擺脫了這個看似不太名譽，不過差一步就會變成傳說的不幸陰影。但是在東野終於獲獎的這樣可喜可賀的事實背後，其實也存在著一名極為有力的「東野圭吾路線」候選人，那就是本文主角——伊坂幸太郎。

伊坂幸太郎，一九七一年出生於千葉，畢業於位在仙台的東北大學法學部。小學時和一般小孩一樣閱讀各式各樣的兒童讀物，年紀稍長之後開始看當時流行的國產娛樂小說，如：都筑道夫、夢枕獏、平井正和等人的作品，高中時因為看了島田莊司的《北方夕鶴2／3殺人》後，成了島田書迷。而在高中時，因為一本名為《何謂繪畫》的美術評論集，啟發伊坂認為能使用想像力生存是件非常幸福的事情，而小說恰好可以一人獨立從頭開始，自己應該也辦得到；因此他決定在進入大學之後開始創作，再加上喜愛島田的作品，便選擇了寫推理小說。進入大學之後則開始閱讀純文學，尤其喜愛諾貝爾文學獎得主大江健三郎的作品。

也因為他將對運用想像力的憧憬著力於小說創作上，於是各項具有想像力的元素都漂浮在其作品中，如法國藝術電影、音樂、繪畫、建築設計等等，使得讀者在閱讀推理小說的同時，也彷彿看了一場交織著奇異幻境寓言、生命哲思與青春況味的文藝表演。

巧妙地融合脫離現實生活的特殊經歷以及不可思議的冒險活動，一向是伊坂作品的創作主軸，這種奇妙組合，正是伊坂風靡了無數熱愛文學藝術的青年讀者的重要原因。

這樣的他，在一九九六年曾經以《凝眼的壞蛋們》獲得山多利推理小說大獎佳作，不過一直要到二〇〇〇年以《奧杜邦的祈禱》獲得第五屆新潮推理小說俱樂部獎後，才正式踏上文壇。奇特的故事風格、明朗輕快的筆觸，讓他迅速獲得評論家和讀者的熱烈歡迎，不光是在年度推理小說排行榜上大有斬獲。二〇〇三年以《家鴨與野鴨的投幣式置物櫃》拿下吉川英治文學新人獎，二〇〇四年則以《死神的精確度》獲得日本推理作家協會短篇部門獎，更在二〇〇三到二〇〇六年間以《重力小丑》、《孩子們》、《死神的精確度》、《沙漠》四度獲得直木獎提名，可以看出日本文壇對他的期待和重視。

伊坂到二〇〇六年為止總共發表了八部長篇、四部短篇連作集和一篇短篇愛情小說。因為喜歡島田，而決定創作推理小說的伊坂，打從一出道就以推理小說新人獎得獎作《奧杜邦的祈禱》獲得各方注意；然而《奧杜邦的祈禱》卻長得一點都不像讀者所熟悉的推理小說模樣。伊坂曾經說過，「寫作的時候，我並不喜歡描寫真實的現實生活，而是想寫十分荒唐無稽的故事。」《奧》正是這樣特殊，有著前所未有的奇特設定的一部作品。一個因為一時無聊跑去搶便利商店的年輕人伊藤，意外來到一座和日本本土隔絕一百五十年的孤島，孤島上有個會說話、會預言未來的稻草人優午。優午告訴伊藤，自己已經等了他一百五十年，而伊藤這個外來者將會帶來島上的人所欠缺的東西。留下這般謎樣話語之後，優午就死了，而且還是身首異處、死得相當悽慘。這短短幾句描寫，就能夠看出伊坂作品最顯而易見的特殊之處「嶄新的發想」，我想很難有讀者在看了這樣奇異至極的開頭，而不繼續往下翻去，畢竟「會講話的稻草人謀殺案」實在太過特殊。而這種異想天開、奇特的發想，就成了伊坂作品中一個非常重要而且難以模仿的特色，在他往後的作品當中都可以看到這樣的特色，以死神為主角的《死神的精確度》便是個好例子。

然而空有奇特的發想，沒有優秀的寫作能力也無法讓伊坂獲得現在的地位。第二作《Lush Life》便是讓讀者更認識伊坂深厚筆力的作品，畫家、小偷、失業者、學生、神、心理諮商師等等眾多人物各自在五個故事線中登場、彼此的人生互相交錯。如何將這五條線各自寫得精采絕倫，而在彼此交錯時又不落入混亂龐雜的境地，最後將所有故事線收束於一個點上。伊坂在敘事文脈構成上展現了高超的操控能力，就像不斷在本作出現的艾雪的畫一般地令人目眩神迷。複雜的敘事方式中包含著精巧縝密的伏線，並且前後呼應，而此極為高明的寫作方式，在第四作《重力小丑》、第五作《家鴨與野鴨的投幣式置物櫃》中也明顯可見。

筆者和大部分的台灣讀者一樣對伊坂最早的認識來自於《重力小丑》一作，對於本作中那幾乎只能以毫無章法來形容、或者可說是某種文字遊戲的章節名稱印象深刻。但在閱讀了伊坂的其他作品之後，便能夠理解日本文藝評論家吉野仁所指出的伊坂作品的一種極為另類的魅力來源——「將毫無關連的事物組合在一起」，像是「鴨子」和「投幣式置物櫃」明明是毫無關連的東西，卻成了小說。或是書名為《蚱蜢》內容卻是殺手的故事，這樣的奇妙組合讓伊坂的作品乍看書名就能吸引讀者的目光一探究竟。而更引人注意的是，這樣看似胡鬧的作法，也散見於每部作品的內容和登場人物的言行之中。在《家鴨與野鴨的投幣式置物櫃》中，主角的鄰居甫一登場就邀他一起去搶書店，而目標僅僅是一本《廣辭苑》!?在《重力小丑》中，春劈頭就叫哥哥泉水一起去揍人。然而在這些登場人物的異常行動，或是令人不由得笑出聲來的詞句背後，其實隱藏著各種人性的黑暗面。《奧杜邦的祈禱》中，仙台的惡劣警察城山毫無理由的殘虐行徑、《重力小丑》中的強暴事件、《魔王》中甚至讓這樣的黑暗面以法西斯主義的樣貌出現。伊坂總以十分明朗、輕快並且淡薄的筆觸，描寫人生很多時候總會碰上的毫無來由的暴力。如此高度的反差點出了一個伊坂作品世界中的重要價值觀，在面對突如其來的暴力時，該如何自處？該怎麼找出最不會令自己後悔的生存方式？

　如果將毫無理由的暴力推到最極致，莫過於「死亡」了，只要是人難免一死，那麼人類該怎麼和終將來臨的死亡相處？從《奧杜邦的祈禱》中的稻草人謀殺案起，這個問題意識就一直在伊坂作品的底層流動，筆者想隨著此次伊坂作品集出版，讀者在全部讀過一遍之後，應該也都能得出屬於自己的答案。

　而在熟讀伊坂作品之後，讀者便會發現伊坂習慣讓他筆下所有人物產生關連，先出現的人物一定會在之後的作品登場。像是深受台灣讀者喜愛的《重力小丑》兩兄弟，也會在之後的某部作品出現，這樣的驚喜也十足地展現了伊坂旺盛的服務精神。

在文章開頭提到伊坂是極有力「東野圭吾路線」候選人，如實地反應出日本讀者和評論家對於伊坂遲遲不能獲獎的難以理解。但是筆者忍不住想，就這樣成為直木獎史上的傳說，似乎無損於伊坂的成就。畢竟就像日本推理天后宮部美幸說的：「伊坂幸太郎是天才，他將會改變日本文學的面貌。」做為一名讀者，能夠和一位不斷替我們帶來全新小說的天才作家相遇，就是一種十足的幸福。

作者介紹

張筱森，喜歡推理小說，偶爾也翻譯推理小說。

【fish story】

[fiʃ stɔːri]

①吹牛皮、說大話、瞎掰。源自漁夫常誇大自己漁獲的成果。（n.）

②某本由一句「如果我的孤獨是魚」開頭的小說書名。書中多次出現此句子結構，每每將「孤獨」二字換上他詞。此書為某日本作家的遺作，據說該作家晚年深居簡出，閉關荒屋內持續創作，文章全寫在牆上。

③某搖滾樂團告別專輯當中的一首歌名，此樂團解散前共發行過三張專輯。該首曲子的間奏部分出現將近一分鐘的無聲段落，關於這段空白是否有特殊含義及其正當性之爭議，曾在樂迷圈中引成不小的話題。

④本書的書名。本作為某日本作家的第十三本著作，與②的關係不明。

10

動物園的引擎

電車

地鐵車廂裡，接近末班車時間，下行方向的車內空空蕩蕩。他兩旁坐著妻子與女兒，兩人熟睡的面容一模一樣。妻子該不會手一鬆，弄掉了握著的車票吧？他不禁擔心了起來。

大概在兩站前，對座幾名學生聊起了汽車，對話聽得一清二楚，當中一名淺褐色頭髮的男孩子說：「馬自達的轉子引擎（註）啊……」

一瞬間，他的腦海浮現了十年前的往事，都怪他們提到「引擎」這個詞。

他再次端詳著妻子與女兒的臉龐，然後，開始回想那一天的事。

動物園

那一天，記得是十月左右吧，我和河原崎先生待在夜間的動物園裡。河原崎先生是我的大學學長，雖然大我五歲，不知他是重考還是留級，我們在校期間經常遇到，畢業後也不時會相約喝酒。

動物園的照明全關了，四下宛如罩上黑幕。

「憑感覺就知道了啊。」河原崎先生和我並肩坐在長椅上，突然吐出這句話。

他說的是動物。牠們既沒發出叫聲、也沒踏出腳步聲，但你就是曉得牠們此時此刻正與我們同在一個空間裡；不知是呼吸、心跳，還是理毛、變換姿勢、斂翅的聲響，說不上來，但確實，這些行為當中有個什麼正撩動著我們的肌膚。

「是啊，真的在呢。」我點頭。

「你看那邊。」

河原崎先生突然伸出食指指著斜前方，我伸長頸子、瞇細了眼一看，有個男人正趴在地上，我完全沒發現什麼時候冒出一個人躺在那裡。

「大概在睡覺吧。」河原崎先生仍是一派冷靜。

「不是死了吧？」

「當然不可能啊，死在這裡也太詭異了。」

看上去的確很詭異，這我也同意。河原崎先生緊接著說：「之前那個市長……小川市長的案件，你曉得吧？」他想說什麼？我聽得一頭霧水。

註：即汽車大廠馬自達（Mazda）旗下ＲＸ高性能跑車系列的主要心臟——轉子內燃引擎（Rotary Engine，全名爲Rotary Internal Combustion Engine），爲馬自達的招牌產品。

「你說那個遇害身亡的市長？他叫小川嗎？」我們市鎮先前曾發生命案，當時的市長突然行蹤不明，最後在泉之岳的公共廁所找到時已是一具屍體，在地方上是轟動一時的大案子。「那起案子怎麼了？」

「你看那個男人正對面的獸欄，知道是什麼動物嗎？」

說明牌上寫著「東部森林狼」（註）。

「看吧。」河原崎先生一副得意洋洋的口氣。看什麼啊！聽得我火都上來了。

「狼的英文是『Wolf』，對吧。」

「是啊。」

「反過來呢，就是『Flow』吧？」

「是啊。」

「『Flow』也有『小河川』的意涵，對吧？就和被殺的市長的名字一樣。小河川，小川。那個市長全名叫小川純，這可是大發現呢。」

我無法判斷他說這話有幾分認真。

「那個男人應該和市長命案脫不了關係。」河原崎先生的神情愈認真，我愈不知道該說什麼，好不容易擠出笑容回了一句：「你是在說冷笑話吧。」

那一年，河原崎先生大概四十歲上下，或許因為他的職業不是一般上班族，整個人看起來比實際年齡要年輕，個性孩子氣，總是一派悠閒。然而如今回想，是當時的我太遲鈍了。事實上，那陣子河原崎先生的補習班經營困難，換句話說，他正走到人生的瓶頸，後來沒多久便聽到他從大樓屋頂跳樓自殺的消息。雖說我和他是大學學長學弟的關係，彼此的了解其實僅止於這種程度。

「兩位久等了。」一道手電筒光線照亮了我們身後的黑暗。

回頭一看，是恩田。恩田也是我們大學同窗，和我同年，現在在公家機關做事。他的蛋形臉上戴著非常適合他的黑框眼鏡，是個認真而一板一眼的人。

至於當時我為什麼會邀河原崎先生去逛「夜間動物園」，說穿了沒什麼特別理由，只是因為恩田那時在動物園工作。真要說動機，頂多是「你不覺得『夜間動物園』很新奇嗎？」這種程度罷了。

「有個可疑男子哦。」河原崎先生朝東部森林狼的獸欄努了努下巴。

沒想到，恩田只是淡淡地應道：「喔，那是永澤先生。」

「永澤先生？」河原崎先生問。

註：東部森林狼（Eastern timber wolf）學名：*Canis lupus lycaon*，北美地區分布最廣泛的狼，體長約一．七公尺，是犬類中體型最大的野生動物。由於北美殖民地的開拓，棲息地不斷減少和人類的任意捕殺，數量逐年減少，一九七三年已列入受保護的瀕臨絕種動物。

「他是我們動物園的員工，我的前輩。」

「躺著睡大覺的員工!?」我不禁質疑，「上班這麼混吶。」

「正確來說是前員工，現在應該是待業中吧。」

「前員工為什麼會躺在那裡？」我問。

於是恩田娓娓道來，「我們園裡的東部森林狼曾經逃出去，」故事從這兒開始，「消息還上了報，大概是兩年前的事吧，當時跑掉了兩隻，後來只找回一隻。」

恩田的話語迴蕩在黑夜的園內。

「就是現在待在那位永澤先生對面獸欄裡的小傢伙？」

「沒錯，那是東部森林狼，牠就是當時逃走的兩隻當中回來的那隻。」

我好像有點明白了，「所以園方要永澤先生負責？」

「那天晚上值班的是永澤先生。」恩田點點頭，「不過他是自己提辭呈的，他說自己難辭其咎。才四十歲就丟了工作。」

「為什麼離職員工會出現在這裡？」河原崎先生又指著永澤先生。

「他腦袋好像變得有點怪怪的。」畢竟是講到這種事，恩田壓低了聲音，「聽說是神經衰弱，和妻子也離婚了。」

「所以他到現在都還擔心東部森林狼會不會又逃走，才會躺在那兒啊。」

「大概吧。」恩田也同意，「永澤先生最喜歡動物園了，老是想把所有人都拉來逛動物園。他曾經自製傳單四處發送，上面寫著『去動物園吧！與獅子共度美好的假日』，還被上頭訓斥了一頓。」

「他有小孩嗎？」我問。

「好像有一個兒子，還在讀小學吧，不過應該是被妻子一起帶走了。」

「這麼說，你們是為了幫助前員工排遣寂寞才在夜間開放動物園嘍？」

恩田聽到我有些挖苦的發言，不但沒生氣，反而開心地回道：「不，是為了排遣動物的寂寞。」

「啊？」

「說了你們也不會相信吧，自從永澤先生來動物園工作之後，動物的氣氛就變了。你別看夜裡的園內像現在這樣一片漆黑，可是每次只要輪到永澤先生值夜班，整個都不一樣哦。」

「什麼不一樣？」

「我不太會形容。也不是動物的活力……也不是生命力……」恩田有些難為情地偏頭思索著語彙，「就像是啟動了整座動物園的引擎，空氣也隨之振動，氣氛非常愉快。」

「動物園的引擎！」我和河原崎先生不禁同聲喊道，一半出於好笑，一半是被挑起了興致。

然後有些不可思議地，下一秒，我和河原崎先生做出了同樣的反應——閉起嘴、闔上眼，好一段時間動也不動地側耳聆聽是否真有引擎聲傳出，然而除了感覺到動物直盯著我們的視線，或許還被評頭論足了一番，四周的空氣並沒有什麼不同。

「喂，那邊那塊牌子是什麼？」河原崎先生一睜開眼就冒出這句話，手又指向永澤先生的方向。

「那間原本是小貓熊的獸欄，說明牌是之前留下來的。」

「上頭寫了什麼？」

「『小貓熊產於西藏地方，然不耐寒暑，發情期在五、六月之際。』大概是這些。」

河原崎先生頓時陷入沉思似地一語不發。想也知道，他一定又在苦思冷笑話之類的。果不其然，我正想去別區逛逛，他開口了，而且說得斬釘截鐵，「就是這個男人，他和那起案子絕對脫不了關係。」

「你說小川市長的案子？」我苦笑。

「你聽好了，剛剛恩田說了『發情期在五、六月之際』。」

「因為說明牌上這麼寫的呀。」

「你用英文說說看『五、六月』。」

聽到這裡，我已經笑到不行。「五、六月，May or June呀。」

「是啊。」恩田也附和。

「把May or June連起來，就是Mayor June對吧。『Mayor』就是市長的意思，整句就是『市長——純』（註），正是前市長的名字啊！」

「你是在說冷笑話吧。」我又說了一次。

「推理小說裡面不是常有『dying message』嗎？就是被害者在臨死前寫下凶手的名字呀。」

「好像有這麼回事，所以？」我說。

「那男人就是這個了。他躺在那兒是為了表明自己與市長命案有所關聯，正是dying message啊。」

我不禁失笑，「人家又沒死。」

但河原崎先生不為所動，「好吧，那lying。那男人一直躺著，所以是lying

註：日語「純」的羅馬拼音爲「Jun」，音同英文「June」。

message。」

之後，我們由恩田領頭，漫步在園內的巡邏路線上。當時三人一邊走在動物園引擎的外圍，一邊留意著絕不能踩到永澤先生的光景，直到今日我還記得很清楚。

獸欄

他仍躺著，靜靜聽著他們的對話，身子貼著冰涼的地面，一逕閉著眼。本來很討厭這些人吵吵鬧鬧的，後來發現他們的話題正是自己，頓時豎起了耳朵，沒想到那一夜的事還會被拿出來舊事重提。他在意的是，當年那件事，這些人到底知道多少詳情？他想起了那頭消失無蹤的東部森林狼。

動物園

隔天，我們又出現在夜間動物園。老好人恩田聽到我又說想進去，依舊沒多說什麼，回了一句「好啊。」就放我們進園，他大概以為我們突然愛上動物了吧。

我們到的時候並不太晚，但寂靜的園內仍是一片漆黑，唯有動物的聲息宛如霧氣還是黏膩的淫氣瀰漫空氣中。

那位永澤先生今天也來了，在前一天同樣的位置面朝右方側躺著。我們三人聚精會神地盯著他瞧，一邊打趣說哪有人特地跑來動物園觀察人類啊。

「你說的『引擎』是什麼意思？」我轉頭看恩田。

「永澤先生一離開，整個氛圍都不一樣了。」

「我倒想親眼看看是怎麼回事。」河原崎先生眼神發亮，提議道：「我們等那男人離開吧！」我知道河原崎先生是認真的，但恩田一直以為他是在開玩笑。

回過神時，我發現自己不知何時在長椅上睡著了，我還記得河原崎先生拚命數著我們身後獸欄裡有幾隻猴子，至於之後的事則完全沒有記憶。東方開始出現魚肚白，我連忙看了看手表，已經快七點了。

「你醒來的時間點剛剛好。」身旁的河原崎先生開口了。

「恩田呢？」

「他說還有事，剛才先走了。」

「引擎先生呢？」

「剛起身呢。」

這是我第一次見到站著的永澤先生，我們倆連忙跟上去。他個頭不算特別高，身形枯瘦，手插在休閒褲口袋裡，有點駝著背一逕朝前走去，好像完全不在意四下的事物。

走了數十公尺，只見他離開步道，來到了動物園的圍籬鐵絲網前方。

我清楚記得那一刻的景象。

永澤先生掀起鐵絲網的缺口，很勉強地彎下腰鑽了出去。當他的腳離開動物園地面的那一瞬間，四下倏地暗了下來，簡直像是有人將動物園的可調式照明旋鈕往逆時針方向一轉，不過這裡當然沒有那種照明；若周圍的一切聲響也有所謂的音量鈕，那也同時轉小聲了。當然，這肯定是錯覺，我們想太多了。有趣的是，河原崎先生也驚訝得張大嘴看著我說：「引擎關掉了。」

動物園

當天夜裡，我們又在動物園集合了。「這是同樣道理吧？」連續三天來報到，我也不禁笑道：「一到夜晚，蟲子就會聚到日光燈下，而我們是聚到動物園來。」

「搞不好久而久之，老虎也逐漸認定我們是定時出現的食物呢。」河原崎先生笑嘻嘻地說出一點也不好笑的話，我和恩田都笑不出來。

「你們早上跟蹤了永澤先生？」恩田問我們。

「嗯，跟了一段路，你知道他走去哪裡嗎？」河原崎先生眼中閃著光輝。

「回他家吧？」

「不，他去了大筒建設的高級公寓預定地。」

恩田聽到這個出乎意料的答案，不禁怔了怔，「那不就在這附近嗎？聽說最近正要動土？」

「你知道那裡有一群家庭主婦拿著標語牌在抗議嗎？」河原崎先生問。

「好像有吧。」

「那男人不知從哪裡變出一塊標語牌，混在抗議隊伍的角落裡，乍看很像是她們同一夥的。」

「他想幹什麼？」恩田問。

「天曉得。」說實話，我也不知道。

但河原崎先生卻愈說愈興奮，「我們來玩推理遊戲吧！」

「推理遊戲？」我難掩訝異。

「每天深夜睡在動物園裡的中年男人，天一亮便跑去高級公寓建地加入抗議活動。從這個狀況來看，你們的推論是什麼？」

看河原崎先生一臉開心，我卻完全提不起勁，大概是受夠了他胡來一通的文字遊戲吧，「這不算推理啦，充其量只是臆測吧。」

然而恩田卻加入了臆測，「永澤先生一定是想保護動物園。」他劈頭就說：「他很愛動物園，而那塊建地離這裡不到一百公尺吧？一旦開始動工，工地的噪音想必很驚人，粉塵也會四處飛揚，搞不好會飄來動物園這邊。所以考慮到動物的生活品質，他一定很反對那裡蓋高級公寓。」

「對對對，一定是因為這樣。」我隨口應道：「這樣很好啊。」

「錯了。」河原崎先生搖著頭。

「錯了？」他這種說法，好像他知道正確答案似的。

「那一帶有好幾棟高級公寓正在興建當中，他如果是為了動物著想，想必也會出現在別的工地上舉牌抗議吧？」

「不是這樣嗎？」恩田問。

「我早上問過那些來抗議的家庭主婦了。」

「咦？你什麼時候問的？」明明我也在場，怎麼不知道這件事。

「早上我們分道揚鑣之後，我心裡老掛著這件事，又回去問她們。結果啊，她們好像也不清楚那男人的來歷。」

「你說永澤先生？」

「她們說，那男人每天天一亮就跑去和她們排排站，跟他打招呼也不回應，自顧自拿著自己帶去的標語牌默默地站在那兒。」

「然後呢？」我催他說下去。

「那群主婦也會去別的高級公寓預定地抗議，不過，那個永澤舉牌的建地算是往來行人最多的。我去問了其他建地，都說沒見過這樣的怪人。」

「也就是說，永澤先生只出現在那棟高級公寓的建地上？」

我說著站了起來。再繼續聽河原崎先生扯下去，自己也快變得莫名其妙了。「我去走走。」

河原崎先生臭著一張臉，卻沒叫我「別走啊」，看他一副想埋怨又吞回去的不快表情，宛如望著兒子卻罵不出口的父親，我頓時想起河原崎先生的兒子。雖然未曾謀面，但聽說他有一個兒子，河原崎先生每次喝醉，動不動就提起「我兒子很會畫畫哦」。據他說，他和兒子感情好得不得了；但在我看來，河原崎先生這種個性，正值青春期的兒子應該很難敞開心胸接受吧，所以我暗自覺得他們這對父子的關係恐怕好不到哪裡去。

我沿著遊園步道逛了一圈，邊走邊望著一間間獸欄，突然湧上一股衝動，很想當下立刻大聲發號施令，把所有鎖弄壞，命令動物「按照名字的五十音順序排成一列！和旁邊的手牽起來！」至於叫牠們排成一列幹麻，我自己也沒個答案。

來到東部森林狼的獸欄前，我停下了腳步。永澤先生仍躺在那兒，可能是他穿了一身西裝的緣故，看上去不像是流浪漢。

我走近他身邊，想摸一下他；我想告訴他，託你的福，害我被學長拉去玩莫名其妙的臆測遊戲。我伸長手臂，垂下手指，眼看就要碰上他的背，突然間，我聽見了低吼。

那是聲低沉而震顫的威嚇，可能發自我眼前的東部森林狼，也可能是園裡的動物給我的警告，牠們睜開了眼，肉食性動物露出鋒利的犬齒，連夜行性動物也紛紛探出頭來。總之，那深沉的低吼透過地面傳到我身上，彷彿警告「不准隨便碰我們的引擎！」震得我不禁微微顫抖。

我退了開來，慌忙張望四周，打亮手中的手電筒照了一圈，心中掠過一絲恐懼——我該不會被動物包圍了吧？牠們和永澤先生該不會豎起毛瞪著我、張牙舞爪地打算撲上來吧？

我散步完回到原地，河原崎先生仍滔滔不絕地發表演說，一旁的恩田果然是一臉疲憊與茫然。

「我非常確定，那男人和小川市長的命案絕對脫不了關係。」河原崎先生說：「聽好了，那起案件後來一直沒找到凶器，也查不出第一現場是哪裡。」

「你意思是，你知道真相？」恩田訝異不已。

「第一現場就是這裡。」河原崎先生自信滿滿地伸出食指指了指自己的腳邊。

「這裡？我們園裡？」

「沒錯。兩年前，市長在這裡遭人殺害，之後屍體才被運到泉之岳的廁所裡。」

「要是我們園裡真發生那種凶殺案，案子應該馬上就破了吧。別看現在很冷清，白天的遊客還滿多的。」

「是夜裡。事情發生在夜裡，有人帶市長來逛深夜的動物園，說不定就是那個永澤帶的路。你看，就像我們能在半夜進來逛一樣，帶人進來並不是難事吧？」

「然後呢？」恩田尖著嗓子。

「市長就在這裡，被人持槍打死了。」

「怎麼可能。」

「當時，流彈也打中了東部森林狼。」

「啊？」恩田倒抽一口氣。

「對狼來說應該是場無妄之災吧。子彈打中Flow，順便擊中Wolf。」河原崎先生像在唱歌似地念著，「之後的發展歷歷在目，只見永澤慌忙衝進獸欄，狼大受驚嚇，正亂成一團的時候，另一匹狼逃了出去。一匹中槍身亡、一匹逃出獸欄，而為了隱瞞案情，動物園便對外聲稱逃走了兩匹狼。」

「那被擊斃的東部森林狼的屍體呢？」

河原崎先生整張臉都亮了起來，豎起食指說：「埋掉了。」

「埋哪裡？」我問。

河原崎先生更是一臉得意，「就埋在那個大筒建設的高級公寓預定地。」

「所以永澤先生才會極力反對在那裡蓋高級公寓？」恩田一臉佩服的神情。

「要是開始蓋什麼高級公寓，埋在那兒的狼屍體就會被挖出來，對吧？這麼一來，市長在哪裡被殺的，馬上就查出來了，因為只有這裡有東部森林狼。」

「這麼說，凶手是永澤先生？」恩田頹然垂下肩，喃喃說著：「這不是真的吧……」

「不是真的吧。」我也說道，讓我難以置信的是恩田竟然完全相信了河原崎先生這番話。「那只是河原崎先生你自己編的啊。」

「不是編的，是推理得出的結論。」河原崎先生噘起了嘴。

「是冷笑話加瞎掰吧。」

「所謂偵探啊，都是先宣布結論再找些歪理來自我解套，跟大廚一個樣。」

「大廚？」

「大廚都是先想好要煮哪道菜，之後才開始蒐集食材啊。」

「我想不太一樣吧。」

獸欄

他仍然躺在地上，望著獸欄的欄杆。聽著那幾個男人的對話，他不禁隱隱焦慮了起來。雖然聽得不是很清楚，他們當中有個人提起林子的事，那人好像知道埋在那林子裡的東西，而另一個人似乎打算現在就去把東西挖出來。

自己埋藏至今的東西要是被挖了出來，還滿丟臉的。只不過，他很清楚自己再也不可能回頭挖出那東西。換個角度想，要是哪天終於有人發現，或許反而痛快。他望著欄杆，閉上了眼。

動物園

我們一行三人朝那處建設預定地前進。忘了是誰先提案的，大概是我吧，總之，為了證明河原崎先生的推理是錯的，最快的方法就是直接衝去現場挖挖看。

因為離動物園並不遠，我們步行前往。走在夜晚的路上，我忽然想起另一位友人。

「你還記得伊藤嗎？」我問身旁的恩田。

「伊藤？你說那個伊藤？」

伊藤是我們大學時的共同友人，畢業後任職於軟體公司。十多歲便父母雙亡的他，比我們成熟多了，而且非常聰明。

「之前我在醫院遇到他，他掛眼科，而我是去健康檢查。」

「伊藤怎麼了嗎？」

「沒事，我只是突然想到，他以前不是有句話常掛在嘴上嗎？他說『人類所有不同於動物之處，都是人類的惡』。」

「嗯嗯，他的確常這麼說。」恩田的語氣裡滿是懷念，「那句話的含意是什麼啊？」

「會想弄清楚事物含意的，恐怕也只有人類了吧。」

還有，雖然我沒說出口，但不管誰為了什麼原因反對蓋高級公寓，都沒必要探究其含意吧。

眼前就是那塊建設預定地，只有草率地沿著外圍圍了一圈繩子充當封鎖線，河原崎先生當然不當一回事，只見他彎下腰，輕巧地鑽過了繩子下方。裡面似乎沒有警衛，我和恩田也跟著鑽了進去。整塊建地並不大，左側有一小片林子。

河原崎先生順手拿了靠在牆邊的鐵鍬，聲音宏亮地喊道：「來挖吧！」

「挖哪裡？」

「從最邊邊開始挖呀。我看吶，當初凶手埋狼屍的時候，一定也想盡量避人耳目，所以我們最有效率的方式應該是從林子最裡面往外挖。哼，等著看東部森林狼一點一點地冒出地面吧！」

「就這樣沒頭沒腦地開始挖嗎？」

我抬頭看天，不見一絲雲朵的夜空，宛如一個巨大的藍色洞穴。突然，耳邊傳來掘土的聲響，我看向前方，河原崎先生正笨拙地一腳踩上鐵鍬，但卻頗有架勢。一想到這位老兄可是補習班老師，不禁覺得眼前的景象相當滑稽，也很同情那位未曾謀面的河原崎先生的兒子。

這時，我看到了一名少年。

在我們所在之處的右側有一間獨棟房屋，再隔壁是一棟八層樓高的舊公寓大樓，大樓正中央高度的一戶人家窗口露出了那名少年的臉。

因為他家裡亮著燈，我從建地這邊抬頭看得一清二楚，只見他手肘支著書桌托著腮。我回過身順著少年的視線看去，定睛觀察了許久，發現少年似乎正在眺望我們剛才離開的動物園。

我走向河原崎先生和恩田，告訴他們我的發現，恩田立刻抬頭看向少年，「他看什麼看得那麼認真啊？」

「反正不是看我們啦。」

「搞不好是免費眺望動物園哦。」我故意鬧恩田，「要是大家都住進大樓的高樓層，隨時能俯瞰動物園，你們生意也做不成了吧。」

後來，我們三人輪番挖地，從林子深處一路往外挖，挖出足以躺進一個人的坑，卻沒有任何收穫。

我一邊擦去噴到鼻頭的土，一邊嘟囔著真是毫無意義的體力勞動。

「不。」河原崎先生比我有精神多了，「這裡的土出乎意料地鬆軟，正證明了曾有人挖過這塊地。」

河原崎先生此話一出，沒多久恩出便發現一旁有塊告示板，他叫我們看，手上手電筒一照，我連忙看向告示。

上頭寫著「本建設預定地進行地質評估工程日期」，我邊看邊念了出聲，「是一個月前的事。」

「也就是說，這裡在一個月前進行了土質調查啊。」恩田也開口了。

「所以呢？」河原崎先生一臉不開心地問道。

「要是有東部森林狼的屍體被埋在這裡，地質評估的時候早就發現了吧？」

「所以呢？」他又問了一次。

「前陣子都沒聽到類似的新聞，就表示當時並沒有挖出任何東西嘍。」

河原崎先生似乎很難接受，但過了一會兒，他也認栽了，「所以說，東部森林狼並不是埋在這裡了？」

「嗯，不可能了吧。」

比起不保證會挖出東西卻一味埋頭掘坑，把土填回坑裡的作業讓人開心多了。

之後我們並肩散步走回動物園門口，三人在馬路上邊晃蕩邊聊了些什麼，我已不記得了。

只記得那晚我們道了別，正要各自打道回府的時候，河原崎先生這麼對我說：

「接下來換你了哦。」

一時間我沒聽懂他在說什麼，眼前的河原崎先生正指著我，看來這場推理遊戲還沒結束。只是，什麼時候成了強制參與遊戲，而且還是輪流制啊？

動物園

隔天上午，我起床後便前往那處建設預定地。當然不是由於河原崎先生的慫恿而認真地玩起了推理遊戲，我只是有點介意昨天夜裡見到的那名少年。

建地有二、三名一身西裝的青年，大概是建設公司的員工吧。我正打算鑽過圍繩下方，青年立刻上前叫住我。

「請問有什麼事嗎？」遣詞非常客氣，但很明顯對我有所戒備。

「沒、沒有……」我囁嚅著說：「沒什麼事，我看到那邊有一塊告示牌，上頭寫說這塊地已經完成地質評估了，有點好奇。」

「什麼事令您好奇呢？」

「呃，不知道那時候，有沒有挖出什麼東西？」

「挖出東西……？您是指土器或石器之類的古代遺物嗎？」

「對對，就是那個。」我露出執著的眼神，順勢胡扯了一句，「我實在很喜歡那些東西……」

「好像只挖出一些玩具什麼的耶。」西裝青年說到這兒，突然「啊」了一聲，接著說出驚人的消息：「啊啊，對了，記得還挖出了狗的白骨。」

我差點叫出聲。

「剛挖到的時候還以為是人骨，引起了大騷動呢……」青年似乎有些猶豫是否該就此住嘴，「後來聽說是寵物店的狗，因為腳上綁了類似塑膠牌的東西。」

「真的是狗嗎？」不是狼嗎？假使真的是狼，河原崎先生的直覺就沒錯了，不，根本是完全猜對啊。

動物園

從建設公司青年那兒聽到消息之後，我打電話向恩田確認，接著便找了河原崎先生出來。

「那個白骨應該是東部森林狼吧？」河原崎先生聽完我的話，一副像要把我吞下去似的模樣，氣勢洶洶地說：「我說的沒錯吧！」

「先別急著下結論。」我故意把話說得很像回事，「事實上，那名少年好像全看到了。」

「什麼少年？」

「昨天夜裡他也在呀，你沒看到嗎？就是建地隔壁的公寓大樓裡托著腮的少年。」

「那個小鬼看到什麼了？」

「看到動物被車撞死。」

話聲剛落，我不禁閉上了眼，因為被車碾過的動物之哀傷正掠過我眼前，突如其來且沒來由的巨大罪惡感湧上心頭，我只得閉上眼，靜待它過去。

「那個少年好像下半身行動不便，而且體弱多病，沒辦法到外頭去。」

「那跟這有什麼關係？」

「聽說他總是像昨晚那樣靠在窗邊看著外頭。」

「看外頭的什麼？」

「世界……吧。」雖然這個用詞很誇張，但我想，我說的並沒有錯。

「世界啊。」

「大約兩年前的某個深夜，窗外傳來很大的聲響，在窗邊的少年把全部經過都看在眼裡。他說有輛很大的休旅車撞到一條狗，車上兩名年輕男子下車察看，接著便吵吵鬧鬧地將那頭大型犬抬進那片林子裡埋掉了。」

「小鬼都看到了？」

「對，他還依稀記得這起事故，後來那塊建地挖出狗的白骨時，看到樓下一團騷動，他馬上想起來了，便探出窗外大聲喊道：『我知道那隻狗！』」

當時少年的心情是得意，還是內疚，我無從得知。

「建設公司的人聽了少年的說明之後，確定了那是一隻被車撞死的狗，而且肇事者不明，風波就這麼結束了。由於狗已經成了白骨，建設公司的人就直接處理掉了，消息也沒上電視新聞。」

「可是確定那是狗的屍體嗎？搞不好是東部森林狼呢？」

「我也有點懷疑，所以調查了一下，畢竟在夜裡被車撞上的是狼還是狗，應該不太容易分辨吧，那位少年也不可能察覺的。建設公司的人說林子裡和骨頭一起挖出來的還有綁在腳上的塑膠號碼牌，於是我問了恩田。」

我打電話給恩田，告訴他我聽到的消息，恩田一聽立刻回道：「那應該是我們園裡的狼吧。園裡有病在身的動物，我們都會幫牠綁上識別牌做記號。原來是被撞死了啊……」他的聲音裡摻雜著訝異與悲傷。

「我猜對了吧！」河原崎先生大聲歡呼，「我說的完全正確啊！」

「不對。」我對他曉以大義似地說：「沒錯，那隻應該就是東部森林狼了，不過少年都看到了，逃走的狼被車子撞死，整件事就是這樣，和市長一點關係也沒有。」

河原崎先生像個小孩子鼓著臉頰，一臉不服氣。

「總之，我的推理仍然是錯的，是這意思嗎？」

「很遺憾。」但我的語氣裡卻聽不出一絲遺憾。「後來呢……」我接著說：「我也想到了。」

「想到什麼？」河原崎先生問。

「還問我？說要玩推理遊戲的不是你嗎？」

我們兩人再度朝建設預定地走去。

「我想了想，為什麼永澤先生會反對那裡蓋高級公寓呢？」

「你不是要告訴我你的推理嗎？」

「他是為了那個少年。」

河原崎先生眼神一暗。

「你說那個在窗邊眺望外頭的少年？」

「沒錯，那孩子沒辦法出門，唯一的樂趣就是從窗口往外看。」

「看什麼？」

「世界啊。」但這次說出口自己也感到有點害臊，「少年最開心的事就是從樓上俯瞰動物園呀。」

「他這麼說的嗎？」

我搔了搔頭，「是我猜的。不過不難想像那畫面吧，從高處眺望動物園的少年正開心地望著長頸鹿和大象。」

「那只是你一廂情願的猜測啦。然後呢？」

「要是那裡蓋了高級公寓，少年就看不見動物園了。」

「原來如此。」河原崎先生說。

「對永澤先生來說，熱愛動物園的少年當然是他志同道合的好伙伴，所以他是為了少年，才會抗議蓋高級公寓。」我很肯定自己的推理錯不了，「我現在要去那棟舊公寓大樓，想確認一下從少年那層樓看不看得到動物園。你也一起來吧？」

「要是從那裡看得到動物園，就證明了你的推理是正確的？」河原崎先生說完這句話，兀自沉思著，過了一會兒才開口，「不過這麼一來……」

「怎麼了？」

「那個永澤不就和市長命案毫無關係了嗎？」

「是啊。」

動物園

當天晚上，我很想和伊藤聊聊，於是我撥了之前在醫院相遇時記下的電話號碼。當然只是因為有點想念老朋友，但或許，我一開始就是想找他商量才會打這通電話吧。我先講了一下自己的近況，後來愈聊愈遠，我說出了動物園的事，雖然要說是近況也的確是自己最近遇到的事情。我和他說，我們的推理遊戲輪到我提案，我想了一個很有自信的推論，便前往那棟舊公寓大樓一探究竟。

伊藤聽著我的說明，不時出聲附和，偶爾提出問題，「後來呢？那棟舊公寓大樓看得見動物園嗎？」

「很遺憾。」那天白天，我和河原崎先生走上那棟舊公寓大樓的階梯，來到可能是少年家所在的樓層，一探出頭，答案就在眼前——完全看不到動物園。動物園確實位在舊公寓大樓的正對面，但被別的大樓擋住，根本不可能看得到，得再上個幾樓，或是到屋頂上去俯瞰才行。

「所以那名少年並不是從自家窗口眺望動物園嘍？」伊藤說。

「也就是說，永澤先生並不是為了那個少年而反對蓋高級公寓的。」

「這樣啊。」

「你怎麼看？」

「我？」伊藤輕笑了笑，「我一開始就不相信有什麼『動物園的引擎』呀。」

伊藤從學生時代就是個現實主義者，但他從不會取笑別人不切實際，他的大原則就是只相信自己親眼所見的事物。

「只不過……」伊藤繼續說。

「只不過什麼呢？」

「那男的反對在那裡蓋高級公寓的理由，搞不好得從別的角度思考。」

「怎麼說？」

「恩田和你思考的點都是，那男人為什麼反對蓋高級公寓？要是蓋了高級公寓會帶給他什麼困擾？」

「是啊。」

「如果換個角度想，假使那男人並不是反對蓋高級公寓，只是很想參加那裡的抗議活動呢？」

「不是一樣嗎？」

「不，不太一樣。換句話說，對那男人來說，每天早上跑去那個地方舉著標語牌這件事，本身就具有意義了。」

我的腦中反覆思考他這番話。

「要是好好一個大男人跑去那裡站著什麼也不幹，人們一定覺得很怪，但如果混在一群正在抗議的家庭主婦當中，就不那麼突兀了。藏樹木的最佳地點是森林裡；而要藏舉牌抗議的男人，最佳地點就是舉牌抗議的主婦群裡頭了，就是這麼回事。」伊藤說到最後，自己也笑了。

日後回想，那次和伊藤聊過之後沒多久，他就辭掉了工作，跑去搶便利商店，被警方逮捕之後又逃走，我們這些朋友都無法理解為什麼我們認識的伊藤會做出那種事。

動物園

隔天一早，我們三人站在加油站旁邊。我等下得去上班，所以穿著西裝，而請了補休的恩田和自己當老闆的河原崎先生都是一身便服。

這裡距離那處高級公寓預定建地約二十公尺遠，我和河原崎先生盤著胳膊，恩田則是不停抖著腿，三人都緊盯著建地。

大約十分鐘前，永澤先生出現了，應該是剛離開動物園吧，只見他一抵達建地，立刻鑽進林子裡，不知打哪生出一塊標語牌，接著便回到抗議人群中高舉牌子站著不動。

那塊牌子上寫著「反對興建高級公寓」，還有「一旦遭破壞的森林將無法復育」。

「只是很普通的標語嘛。」河原崎先生說。

「不，我很清楚，」我說：「他的目的是站在那裡，而不是抗議蓋房子。」

「一直杵在那裡能幹麻？監視嗎？」河原崎先生嘀咕著。

「不，他想站在那裡向某人傳達訊息。」

「訊息？」恩田看著我問道。

「可是他那塊標語牌只是單純抗議蓋房子啊。」河原崎先生說。

「一定是寫在牌子的另一面。」我斬釘截鐵地說：「只要逮到機會唰地把牌子轉個面即可，反正他站在裡面看起來是在進行抗議活動，又不會引人側目，而他的訊息也能藉此傳達給某人。沒錯，他一定是要這麼做。」

「那位某人是誰？」

「如果我猜得沒錯，正是他離婚後見不到面的兒子。」

「傳達訊息給兒子？」

「好比說，他很想和兒子聯絡，可是因為他有點瘋狂，前妻不讓他見兒子，連通電話也不行。他很想見見兒子，於是他想了個辦法——不如站在兒子每天早上會經過的路上等他吧，因此他開始了堵人計畫。還有，他要是和兒子有任何交談，前妻一定不會善罷干休，所以他想到了舉牌的方式，從此，他每天早上便舉著寫給兒子的訊息站在那兒等人。」

「原來如此，真是佳話一樁呢。」恩田似乎很感動。

「這不是佳不佳的問題吧。」河原崎先生一個勁兒地搔頭，一臉不相信，「那男人腦袋怪怪的耶，每天晚上睡在動物園裡的人怎麼可能想出這樣的計畫嘛。」

之後，我們三人都沉默了下來，因為只要目不轉睛地盯著眼前的狀況，真相很快就揭曉了。

我非常確定，永澤先生一定會將牌子反過來，他的視線似乎正追著什麼，一邊觀察著路上往來的車流。

答案出現得比預期早。我們盯著永澤先生才沒幾分鐘，他的手便開始有了動作。直到今日，我仍能清楚想起當時的情景。眼前的畫面非常緩慢、非常清晰，我聽見身旁的恩田咕嘟吞了一口口水，河原崎先生則是伸長了頸子。

永澤先生將手上的標語牌稍微放低，大概到膝蓋的高度，他低頭掃視一遍，像在確認牌子上頭文字沒有上下顛倒，接著慢慢地將牌子轉了個面。我的心跳加速。

永澤先生將翻了面的標語牌舉到胸口位置。我想像著，要是牌子上寫著「我愛你」

旁邊還寫上他兒子的名字，我搞不好會當場噴淚吧。

四下所有聲音都凍結了。我們眼睛眨也不眨地凝視著永澤先生，只見他將標語牌高舉至頭上。

「去動物園吧！與獅子共度美好的假日」

這是上頭的文字。

我和恩田張著嘴，當場呆若木雞。第一個大聲笑出來的是河原崎先生，那笑聲充滿了幸福感，「傑作啊！傑作！」他念了好幾次，「這人說穿了是來打廣告的嘛。」

身旁的恩田過了好一會兒終於恢復平靜，說道：「因為永澤先生真的很愛動物園呀。」他說，這裡往來行人很多，很適合宣傳。

的確，有種全身無力的感覺，心情卻很好。「嗯，再怎麼說，他可是動物園的引擎呢。」我說。

獸欄

入夜後，他仍醒著，飼育員送來的食物早吃個精光，但還是覺得餓。連日來吵吵鬧鬧的那幾個男人今天沒出現。

他想起自己逃出獸欄那一天的事。那晚，他去頂了頂獸欄的門，沒想到，感覺不到平日那股沉甸甸的反作用力，門輕易地推開了。

他的腳伸出獸欄，小心翼翼地踩上地面，一步，又一步，緩緩地踏出步子。在獸欄中走沒幾步就會遇到牆，但在外頭不會。他感受著地面的觸感，四周沒有牆壁，無論走再遠都沒有盡頭。他不禁想，如果一直這麼走下去，會走到多遠的地方呢？解放感一點一點地從腳底湧上。

伙伴身體不好，卻跟著走出了獸欄。是心理作用嗎？覺得伙伴似乎很開心。他們倆很有默契地同時踢了地面，身子一躍，再踢向地面，快感在全身竄流，速度愈來愈快。令人難以置信的是，前方居然沒有盡頭，回過神時，自己已在路上狂奔了起來。

他發現伙伴走失了，是到了林子一帶的時候。他一路上蒐集著人們遺落的玩具或空罐想拿給她看，不知道她會不會開心呢？當他終於抬起頭，眼前卻不見她的蹤影。他四處尋找，但再也沒見到她。

撿來一堆小玩具也沒用了，只好埋進土裡去。一想到再也不會把這些東西挖出來，胸口一帶隱隱傳來被揪住的痛楚。

現在，永澤正睡在獸欄前。

「我也是孤單一人哦。」永澤常這麼說，或許是說夢話吧。只要永澤在，心情就能平靜下來。他靜靜閉上眼，想著唯一一次體驗過的獸欄外頭的世界，一邊進入了夢鄉。當時的感覺又回來了，一步、一步踏出步子，前方卻永遠沒有盡頭。

他再度想起那個時候消失的東部森林狼。

電車

地鐵車廂裡，乘客愈來愈少了。

那之後，發生了很多事。河原崎先生從大樓樓頂一躍而下；恩田迷上新興宗教，辭掉了公家機關的工作，聽他妻子說最近還在街上看到他，但正值教團遊行中，沒能和他說上話。

市長命案也偵破了，在動物園那件事之後不到半年，逮到凶手，據說是由於產業廢棄物處理之類的事情談不攏而對市長痛下毒手。我還記得看到電視新聞公開凶手面貌的時候，和友人一邊聊著「真遺憾，市長是個好人呢」。

妻子與女兒仍倚著我。

車門開了，我抬頭一看，一個男人拖著腳步走進車廂，雖然一身西裝打扮，卻不像是一般的上班族，也說不上來哪裡不對勁，或許是因為他那身縐巴巴的西裝，又或許是因為他漫無目的的拖拖拉拉的走路方式，年紀看上去像剛退休沒多久。

男人從我的右邊通過面前往左邊走去。

我差點沒驚呼出聲。總覺得那個男人好像是永澤先生，可能因為我剛好在回想當年的事吧，但那背影真的很眼熟。想到這，自己也不禁覺得好笑，因為我印象中的永澤先生總是趴著躺在動物園地上，我對他的認識根本不足以能說「我覺得那個男人走路的背影很像他」。

我想追上前叫住他，正要起身，想到睡著的妻女還倚在我身上，不由得猶豫了起來。

望著男人的背影，只見他繼續往車廂另一頭走去。

我看了看妻子與女兒的睡容，探頭確認車票還握在妻子手中。這時的我已穩穩坐回座椅上，輕輕地閉上了眼。

想了想，我又轉頭往左邊一看。

我發現男人的右邊腋下夾了某樣東西，仔細一看，那似乎是塊標語牌。

*譯註：本篇故事在狼自述的部分，在原文中，由於作者刻意採用人稱的「彼」與「彼女」敘述，爲忠於原著，此處亦譯爲人稱的「他」與「她」，而非一般稱呼動物時所使用的「牠」。

10 Sacrifice

1

條條大路通羅馬，根本是騙人的。黑澤一面踩下煞車，前方就是路的盡頭。

數小時前，他從仙台南郊某溫泉街出發，正行駛於前往山形縣的路上。

雖然他並沒期待這條路能通到羅馬，若真的開到羅馬反而傷腦筋吧。總之他沒想太多，單純以為順著路開總會抵達山形一帶，所以即使車子一路開上了緩坡、路幅愈來愈窄、柏油路面突然接上石子路，在在暗示他前方就是路的盡頭，終究還是錯失掉頭的機會。

黑澤停了車走下車子，四下只見樹林環繞，在十二月的季節裡，光禿禿的細長樹枝伸展的姿態宛如漫不經心脫光衣服的瘦削男女。看來是誤開進山路了，這條路顯然不是通往小暮村。「開錯路？就是你這種快四十歲還沒個正經工作、以闖空門為正職、偵探為副業，還大搖大擺地過日子的人才會開錯路吧！」他覺得迎風搖曳的枝枒彷彿這麼嘲笑他。

黑澤穿好外套，用力關上車門，沒想到這麼一關的後果卻完全出乎意料。先是聽到土砂滑落的聲響，路邊的土石地面突地整個崩陷，整輛車往左側草叢傾倒，雖然沒翻過

去，斜了一邊的車子右側兩個車輪全離了地，懸在半空中。（註）

關上車門，車子翻倒。黑澤暗忖，還真希望說明書上能標示一行「關上車門時，車身有翻倒的可能」。

車子是在仙台車站租來的。黑澤看了看手表，已經下午三點多了，得在天黑前把車拉起來才行，但他實在不覺得單靠自己能辦得到，於是他打算沿原路往回走找人來幫忙，要是還能順便找到小暮村就一切搞定了。

走在石子路上，黑澤發現，一邊開車其實不太能掌握地勢，這裡應該算是山腳地帶，四周是一片綿延的森林。

走了一會兒，前方約五十公尺處左側有一座巨大的岩壁，上頭有一道大概是崩塌形成的缺口，表面相當硬實，感覺上不輸硬質磁磚。望著這彷彿曬著山的頭蓋骨的景象，黑澤不禁大受感動，正想走近岩壁好好欣賞，前方出現了人影。一名白髮男人身穿黑色運動服，正彎著腰拾撿地上的枯枝。

「喂！」黑澤舉起手打招呼，「方便幫我抬一下車子嗎？」

這個時候，黑澤還不曉得自己即將捲入有關活人獻祭與犧牲者的原始風俗之中。

註：日本的車輛駕駛座位於右側，所以黑澤關的車門是右側的前車門。

2

「不可能的啦，只有你和我絕對搬不動的。」白髮男人垂著眉對黑澤說，他的手仍搭著車子的保險桿。男人說他姓柿本，年過六十，滿臉皺紋，笑容卻像小孩子似地無憂無慮。

「雖然是我開口請你幫忙，不好說什麼，但你根本沒使力嘛。」黑澤指著對方的手臂說。男人幫忙推車的時候雖然發出「嗚……嗯……」像在出力的呻吟，事實上他只是摸著車子，很像是懶得動的年輕女孩提著行李不過走了幾公尺便坐下來休息，撒嬌著說「人家很累了嘛」。

柿本自稱是雕刻家，他認真地凝視黑澤說：「你最好趁早記住我的名字哦，不久我就要大紅大紫了。」黑澤看著眼前這位年過六十、自稱藝術家的老先生對未來仍野心勃勃，並不覺得滑稽，反而得到了莫名的鼓舞。

「你沒聽說嗎？藝術家啊，臂力都很差的。」

「是嗎？」強壯的臂力不是雕石頭或木塊的雕刻家必備的條件嗎？

「俗話不是說『有錢人是不吵架的』（註一）嘛。」柿本嘛起了嘴。

「意思不一樣吧。」

「不然就是這句，『美男子都是又窮又虛』（註二）。」

「勉強要說，可能這句比較接近吧，不過，能不能勞煩你那藝術家的手再多出點力？我想把車子弄回路上，需要他人的幫助，而你就是那位『他人』啊。」

「不不，兩個人是辦不到的啦。」一頭白髮的柿本很爽快地放棄了，不禁令人擔心這麼沒毅力的人有辦法當藝術家嗎。

「不然，我去你們村子找別人來幫忙行嗎？走過去大概要多久？」

「用走的大概二、三十分鐘吧。」

「你們村子叫什麼名字？」

「小暮村。」柿本說。黑澤忍住想彈響指頭的衝動，說道：「那真是再好不過了。」

「再好不過？」

註一：日本諺語，原文是「金持ち喧嘩せず」，其理論是，有錢人之所以有錢，正是因爲明白與人紛爭沒好處，懂得避免爭執才會有錢，類似中文裡的「和氣生財」。

註二：日本諺語，原文是「色男、金と力はなかりけり」，用於美男子謙稱自己除了長相一無是處、或普通長相的男子帶著不服輸的心情嘲弄美男子時。類似的諺語爲「美人薄命」（紅顏薄命）。

「沒什麼。」黑澤含混帶過。

柿本早已踏出步子，黑澤連忙跟上。

黑澤在找一名叫山田的男人。山田住在仙台市內，五十三歲，兩週前失蹤，至今下落不明。

「山田是我的下屬，這次的官司無論如何都需要他出面作證，可是我們到處都找不到他。」前來委託黑澤此事的男子用字遣詞非常客氣，語氣卻很蠻橫，想必不是幹什麼正當職業掙錢過日子。黑澤暗自想像，恐怕那個山田也是半斤八兩。

「這麼說，」黑澤突然想到，「有人並不希望山田出面作證嘍？會不會是那個人把山田藏了起來？」

「或許您很難相信，世上並沒有那麼完美的藏身之處。」委託人露出笑容，像是嘲笑外行人的發言，「通常都會露出馬腳的，要是真有那麼完美的藏匿地點，我也很想知道呢。您是否知道哪裡有絕對隱密的藏身處呢？」對方反問黑澤。

接下委託之後，黑澤發揮他的正職技術潛入山田住處，公寓外頭埋伏了數名牛鬼蛇神般的男子，黑澤避開那些人潛進屋內一看，不出所料，屋內像被翻過似地一片凌亂，沒找到任何派得上用場的線索。這時黑澤看到角落有一部舊型電腦，他打開電腦查看殘留的資料，但檔案都被刪除了，黑澤不死心，從皮包拿出CD－ROM插進電腦。檔案即使被刪除，資料仍會留在硬碟裡，於是他開啟救援軟體，檢視救回的檔案內容，成功挖出數則相當有趣的資訊，其中之一便是網頁瀏覽紀錄——山田曾在半個月前上網搜尋「小暮村」這個地名。

黑澤與柿本走出石子路來到柏油路上，冬天的太陽照耀著四下，那座岩壁下方的森林應該出現樹蔭了吧。「其實我正在找一個人。」黑澤對走在左方的柿本說。

「找人？找誰？」

「一個姓山田的男人。」黑澤說著從外套內袋拿出山田的照片。

「長得一副上了年紀的流氓樣嘛。」柿本邊走邊望著那張照片，興趣缺缺地回道。

「這個人現在可能在小暮村裡。」

「不在我們部落裡哦。」柿本說得很肯定，「雖然叫做『小暮村』，說穿了只是十來個部落聚集而成，說小不小，但說大也不大，每個部落了不起二十戶人家吧，外來者根本無所遁形，要是有長得這麼可怕的男人在村裡晃來晃去，消息馬上就傳開來了，我們那邊沒看到這個人。」

黑澤暗忖，山田有沒有可能是躲在部落的某處？「能讓我在你們村裡找找看嗎？」

「你去拜託周造，他應該會想辦法幫你吧。」

「那是誰啊？」黑澤問：「村長嗎？」

「不是，村長是陽一郎。盤陽一郎。」

「ㄆㄢˊ？」

「姓氏的『盤』。我說的周造和他完全是兩回事啦，周造是木匠。」

「木匠和村長是兩回事？」

「差多了，那兩人個性可是天差地遠啊。周造親切又樂於助人，你去請他找那個叫山田的下落，他一定二話不說幫你的。沒問題啦，他在別的部落也很吃得開。」

「聽起來那位周造相當可靠呢。」黑澤說到這，雖然沒有確認的必要，他還是問了：「言下之意就是，村長盤陽一郎不太值得信賴嘍？」

「是啊。」藝術家先生大刺刺地承認了。

「你能帶我去找周造嗎？」

「你要找他啊……」柿本搔了搔白髮，「可是他剛好是入窟者，你運氣還真差呀。」

「鹿哭者？」

柿本很難啟齒似地又說了一遍：「入、窟、者啦。」他好像很不想念那個詞，說得有點快。

3

順著路往前走，黑澤瞄了一眼手表，太陽逐漸西沉，天色愈來愈暗，整片天空彷彿也隨之黯然消沉。

「再多和我說一些那個什麼者的事好嗎？」

柿本的臉色閃過一絲陰鬱，但沒多久便開口了：「算了，應該無所謂吧，又不是什麼見不得人的事。」這段話像在說服自己似的，「那個『入窟者』是我們村裡的習俗啦。」

「習俗？」

「流傳在我們部落的習俗。至於起源嘛，好像要追溯到江戶時代。」柿本走在筆直的道路上，邊說邊探看黑澤的表情。

從江戶時代流傳下來的習俗，到底是意味著傳承年代尚淺，還是該解讀為確實有段歷史了？黑澤無從判斷。

「我們小暮村位在宮城縣的邊界，你應該曉得吧，翻過這座山就是山形縣了。」柿本指了指兩人一路走來的方向。

「原來不是羅馬，是山形縣啊。」

「你在說啥？總之呢，我們是邊緣中的邊緣村落，只不過早些年好像很少人穿過這條山路到山形去，大家都會繞路避開這座山頭，避得遠遠的。」

「因為山路太險峻了嗎？」黑澤回想著剛才開車開到沒路的那個地點，感覺前方似乎繼續通往某處，只是路還沒造好，盡頭像個陡峭的斜坡。

「那也是原因之一，不過不只如此，最主要是因為那個啦，山賊。」

「山賊？」

「那個年代有山賊出沒襲擊山中的行人，而且是整群山賊一起行動。」柿本說得像是自己親身經歷，「他們好像就住在山裡，結黨聚群在山中過著類似今日搭營的野地生活，聽說手段相當殘暴呢。」

「看來比起山賊，闖空門的溫和多了呀。」黑澤不禁低吟了一句，但柿本沒聽他說話，自顧自繼續說：「山賊除了在山中襲擊行人、搶走行李，聽說也會不時衝進村裡姦淫婦女或搗毀田地，相當囂張啊。」

柿本愈說愈起勁，從那些包圍年輕女子的壯碩山賊的凶惡氣勢，到茫然若失面對殘破家園的農民之悲憤心情，激動地講得嘴角冒白泡。黑澤甚至想問他「你是看到了不成？」、「那些山賊的惡行你都親眼目擊了啊？」

「後來呢……」柿本的聲調變了，「有一天，當時的村長做了一個夢。」

「還真唐突啊。」

「會嗎？」柿本挺著胸膛說。

「什麼樣的夢？」

「簡單講就是活人獻祭，把某個人獻給神便能消災去厄。」

黑澤不禁心頭一凜，他沒想到會聽到「活人獻祭」這個詞，只不過，人們面對毫無道理的災厄會想到獻祭這招並不稀奇，「確實很有可能。」

「不是可能，他們真的幹了。」這時柿本突然閉上嘴，四下顯得特別靜謐，只見他指向左邊一條狹窄的小徑說：「往這邊走。」黑澤先前開車經過時沒注意到這條路。

「於是村長把那個活人獻祭的夢告訴大家，提議村人來辦一場。」柿本繼續先前的話題。他的手中不知何時握著一支樹枝，像是一把削短了的竹劍，大概是在哪裡撿的吧。

「提議以活人獻祭？不可能通過吧。」

「你也這麼覺得，對吧？可是呢，聽說當時的村人同意了。按照常理絕對不可能點頭的事，一旦被逼到絕境，人是會麻痺的。或許村民真的吃了山賊太多苦頭，即使是這麼殘酷的手段，有任何救贖的可能性都會緊緊抓住吧。而且，搞不好正因為如此殘酷，村民才會同意的，不是嗎？」

「的確。」黑澤也覺得這樣的手段比較適合一吐積憤，「或許殘酷而且簡單明瞭的手段尤其吸引人吧。」

「對吧。總之後來呢，村民挑了一名女人獻祭。」

「女人啊。」

「應該是村民說服了她吧，可能是哭著求她，或許加上威脅和毆打，也可能是被拱出來的。」柿本的腦中似乎進行著各式各樣的想像，「總而言之，那女人進到洞窟裡去了。」

「洞窟？」

「因為村長的夢是這麼指示的，活人獻祭儀式必須把犧牲者關進洞窟裡。既然夢裡規定得清清楚楚，村民也只能盡量照做，所以他們搬了大岩石堵住洞口，然後村民便逃也似地跑離洞窟，好一陣子不會靠近那處岩壁。」

「那名女人呢？」

「死了吧。咬舌自盡、餓死、被洞窟裡的毒蟲咬死，村民之間好像流傳了種種臆測，不過能確定的是，那名女子敬業地完成了犧牲者的任務。」柿本一臉敬佩地頻頻點頭，「之後村裡便舉辦祭典將她葬了。」
「祭典嗎。」
「真不知道辦祭典是什麼意思，是因為特別開心？還是特別恐懼？大家一定是想藉此忘卻內心的罪惡感吧。」
「山賊呢？還繼續出沒嗎？」
「沒了。」柿本的眼神一亮，「獻祭一結束，山賊頓時沒了蹤影。」
「被那個夢說中了啊。」
「從此以後，村民便得以順利越過這座山頭往來於山形與宮城之間。」
黑澤心想，也太順利了吧。「那些山賊去哪兒了？」
「天曉得。」柿本一副管他們去死的表情，「總之呢，後來村裡只要不順遂，便會舉行活人獻祭。」
「因為得關進洞窟裡，所以把犧牲者叫做『入窟者』？」
「是啊。這一帶沒什麼特產，頂多種得出養活自己的稻米，但也是靠天賞飯，一陣子沒下雨馬上就鬧飢荒。」
「確實很有可能。」
「不是可能，就真的鬧飢荒啊。結果呢，一遇上旱災，村民又挑了犧牲者獻祭。」

「被挑中的人就關進洞窟裡？」

「嚇到了嗎？」

「嚇到了啊。」

「可是我看你一點也不像被嚇到的樣子。」柿本語帶不滿，「反正呢，只要犧牲者一關進洞窟，馬上雨就來了，要不就是山裡的陷阱捕到了熊，據說非常有效。」

「犧牲者是怎麼選出來的？」聽到黑澤對這話題感興趣，柿本立刻潤了潤唇，彷彿自己忘了講多麼要緊的重點，以一句「說到這可就有趣了」開了話頭。

「很有趣嗎？」

「啊啊，到了。」柿本突然高聲說道，也不管事情只講到一半。

黑澤抬頭一看，明白柿本的意思是他們抵達了小暮村，但眼前並沒有寫著「歡迎來到小暮村」的拱門，也不見住宅區般井然羅列的住家，有的只是在車道兩旁錯落的農田、耕地與民宅。

「先來我家坐一下吧，順便跟你介紹我老婆。」

「你結婚了？」

「當然啊，不然你以為我六十歲以前都在幹些什麼？」

4

「我已經放棄了。」花江苦笑著說。她說自己大柿本五歲，但儘管滿臉皺紋，肌膚卻保養得非常好，看上去反而比柿本年輕，「這個人根本就是個大孩子。」

柿本的家是一棟青色鐵皮屋頂的平房，屋內有兩間寬廣的和室，一間拿來當工作室，滿地木屑中散落著許多木材。外面的風似乎會灌進屋裡，室內有點冷，一坐到暖爐桌旁，多少暖和了些。

「他本來是在仙台市政府工作，做了很久。」花江端茶出來之後說：「直到九年前，他突然辭了工作搬來這個村子，說什麼要當藝術家，明明連存款都沒有，那時候真的吃了不少苦呢。」她說到「真的」的時候還加重了語氣。

「才不是呢，誰說『要當藝術家』了，我說的是『非當藝術家不可』。」柿本舉起手上的木材說：「剛剛回來的路上發現了好材料呢。」說完便走進隔壁房間。

「你看他那樣撿地上的木材回來，這邊刻一刻那邊削一削，我只覺得是小孩子在玩木工。」花江皺了皺眉，「唉，不過也拿他沒辦法，我好像在照顧弟弟似的。」

「真是辛苦妳了。」黑澤禮貌上還是安慰一下。

「辛苦倒是無所謂，我也知道人生來就是要受苦的，只不過啊，要是他的作品一件都賣不出去的話……」

「賣不出去的話？」

「實在讓人很提不起勁啊。」花江露出寂寞的笑容，「比起金錢，我想，人一輩子至少要做出一件成績，讓自己能夠開心地大喊『辦到了！』，你不覺得嗎？」

究竟是想對誰這麼大喊呢？黑澤無從得知，花江自己一定也不知道吧。聽到這段話的瞬間，黑澤不禁想起從前遇過一對強盜老夫婦，他們握有手槍，想搶黑澤的錢包，「我們倆一輩子老老實實地過日子，轉眼都這把歲數了，所以我們決定放手幹一票。」看著說出這些話的老夫婦，黑澤總覺得有些超現實，或許那也是出於想大聲歡呼「辦到了！」的心情吧。

「其實我在找一個人。」黑澤拿出山田的照片放到暖爐桌上。

花江湊近盯著照片瞧，「沒見過耶，這個人在我們村裡嗎？」

「要是有那種傢伙在村裡晃蕩，早就傳開來了啦。」柿本不知何時回到暖爐桌旁，「像我們九年前搬來的時候，一踏進村裡，這戶也在交頭接耳，那戶也在竊竊私語，這裡的人對外來的人很敏感的。」

「因為我們這個部落不大吧。」

「請問，」黑澤提出先前就一直很好奇的事，「我剛剛就一直在想，『部落』和『村子』有什麼不同呢？」

「我們住的這個地方就是部落啊，也就是這一帶的民家代代聚集之處。雖然以我們都市出身的人來看，這裡就算村子了，而且從前所謂的村子指的正是這種部落，村長就是部落的頭子。不過啊，現在該歸為村子還是部落，都要看政府機關如何劃分。這個小暮村是由十多個部落聚集而成，村公所在溫泉町那邊，所以村長陽一郎每天都得從部落這兒去村公所上班。」原本在市政府工作的柿本講到「政府機關」這幾個字似乎有些難為情。

「原來如此。」黑澤點點頭，「那山田有沒有可能躲在這個部落的某處？不一定藏在誰家裡，如果是外頭呢？」

「現在是冬天嘛，要是躲在外頭，晚上可會凍到受不了哦。」花江說。

「別管那個啦。」柿本輕快地拍了拍黑澤的肩，「剛剛入窟者的事我講到哪兒了？」

「你又來了。」花江繃起臉，「你又到處講那件事幹麻？不怕陽一郎罵人嗎？」

「哼，那個老頑固太一板一眼了啦。」

「你講到如何選出犧牲者。」黑澤把話拉回正題。

「喔，對對對，那件事嘛，說來很有意思喔。」柿本豎起指頭，「首先這個部落的居民會到聚會所集合，說是說聚會所，其實只是某戶民家啦。然後呢，大家圍成一個圓圈坐下來。」

「男男女女圍成一圈？」

「就像玩『竹籠眼』（註一）還是『丟手帕』（註二）的時候一樣，不過呢，所有人得合握著一條非常大的念珠。」

「要是每戶代表都必須握到珠子，那條念珠要很長喔。」

「相當、相當長啊。」柿本一臉神祕兮兮地點點頭之後，看著花江像是尋求她的附和說道。

「你啊，明明沒看過，講得好像親眼看著他們選人似的。」

「你沒看過？」黑澤忍不住嘆了口氣。

「哎喲，」柿本搔了搔太陽穴一帶，「只有住這裡十年以上的人才能參與抽選入窟者啊，我還不夠資格啦。」

「為什麼要十年以上？」

「誰知道啊。」柿本不屑地吐了一句。坐在他對面的花江指桑罵槐地說：「一定是不願意讓只是想湊熱鬧的人在場吧。」

「總之呢，所有的人合握著那條念珠，一邊唱歌一邊將珠子依順時針方向傳遞給下一個人。那串念珠當中有顆珠子特別大，歌唱完的時候，手上握有最大那顆珠子的人就獲選了。」

「獲選嗎？」黑澤心想，或許該說是落選？

「聽說一開始都是由村長先擲骰子決定歌要唱幾遍，不然只唱一遍的話，每次都是坐在圓圈某個位置附近的人中獎吧。不過呢，從前是真的拿活人去獻祭，現場氣氛也特別凝重，再怎麼說可是攸關性命的抽籤啊，大家都有共識不是你死就是我亡，可緊張的咧。」柿本愈說愈興奮。

「你說『從前是』？也就是說，現在被選中的人並不會真的被活生生拿去獻祭

註一：竹籠眼（かごめかごめ）：日本傳統兒童遊戲，由一人當鬼，鬼以外的人圍成圓圈面對圓心手牽著手，當鬼的人蒙住眼睛蹲在圓中間當作籠中鳥，周圍的人邊唱歌邊轉圈，歌唱完的時候所有的人停下腳步，鬼必須猜出位於身後的人是誰，被猜中的人將成爲新一回合的鬼。通常唱的歌就是知名童謠〈竹籠眼〉。

註二：丟手帕（ハンカチ落とし）：一種大地遊戲，多人合玩，由一人當鬼持手帕，鬼以外的人圍成圓圈面對圓心而坐，鬼繞著圓圈外圍走，不動聲色地將手帕丟在某人身後，繼續前進。被丟手帕的人必須立刻起身，在鬼走完一圈之內追上鬼。若沒追上，空著的座位被鬼占去，便由此人當新一回合的鬼；若追上了，則由原本的鬼撿起手帕繼續下一回合。

了？」

聽到在二十一世紀，某個毗鄰仙台的村子仍流傳著選出獻祭者關進山洞的習俗，果然沒什麼真實感。黑澤的腦海不禁浮現一個畫面——方才驅車進入的山中，在那座岩壁的洞窟裡，一名獲選的犧牲者被關在裡頭，正搥著岩壁一邊聲嘶力竭地喊著「放我出去！」

「就是這麼回事。」柿本笑著說：「現在沒做到那麼絕了啦，不知何時變成只是做個樣子罷了，不然那麼恐怖的習俗，要我說也說不出口吧。」

「這樣啊。」

「現在獻祭不必真的獻上性命，入窟者只要在那座岩壁的洞窟中關個五天、十天意思意思就好了，至於該關幾天，聽說也是擲骰子決定，反正是不會死人的天數。至於出口雖然會堵起來，村民也會指派『備餐者』送飯過去。」

「備餐者？」

「負責準備飲食的人，所以叫『備餐者』。」

「由誰來當呢？」

「通常是入窟者的家人，若沒親人，就由他自行指定。」柿本滔滔不絕地說著。這個人明明沒參加過獻祭，坦白講就是遭村人排擠，卻如此饒舌，這就是所謂的充內行吧。「雖然關在裡面的人不能出入，但洞口留有塞得進小碗的孔隙，飯菜就是從那兒送進去的。只關個十天左右，入窟者應該還能忍受吧，要是身體不舒服，備餐者也會幫忙通知村長。」

「像這樣獻祭真的有效果嗎？」

「現在變得好像是盂蘭盆節還是清明掃墓的感覺吧，已經成了固定舉辦的儀式了。」

「所以是定期舉行？」

「不是，」柿本一口否定了，「是陽一郎決定的。」

「就是你剛說的那位村長？」

「老伴，你還是跑一趟陽一郎那兒比較好吧？」一旁的花江開口了，「你把黑澤先生介紹給他，搞不好他知道黑澤先生在找的這個人呀。」花江敲了敲桌上山田的照片。

「不必了，反正他一定不會給什麼好臉色看。陽一郎那麼頑固，根本不通人情，外來者只有被他討厭的份。妳看我們剛來的時候，他不也是毫不掩飾地一臉嫌惡嗎？」

「那位陽一郎村長是什麼樣的人呢？」黑澤問花江。他想不如明天去拜訪一下。

「陽一郎啊，是個沒血沒淚的人啦。」柿本在一旁嘀咕著。

「這人不知怎的，和陽一郎就是不對盤，是被害妄想嗎，不過村長一直不願意接納我們成為小暮村的一分子倒是。」花江輕笑了笑，「但是陽一郎並不是壞人喔。他大概五十多歲吧，瘦瘦的、濃眉，一絲不苟的一個人，總是板著一張臉，我很少看他笑。」

「根本是從來不笑吧，那個冥頑不靈的傢伙。」

「人家陽一郎也是盡心盡力地照顧全村。這個部落代代負責統領住民的就是他們家族，陽一郎可能多少覺得自己責無旁貸吧，聽說他二十出頭就繼承了家業，即使現在的村長不再採世襲方式，必須透過選舉，村人還是會投給他們家的人。陽一郎現在不只是我們這部落的頭子，已經是全村的代表了。小暮村小歸小，要照顧好也挺費心的。」

「這倒是。」這點柿本也同意，「陽一郎父親當村長那時候，村子好像快撐不下去了，聽說還想找廢棄物處理廠來進駐，或是和別村合併什麼的。」

「為了讓村子重新站起來，陽一郎一直都很努力哦。」

「他是如何讓村子重新站起來的？」黑澤一問，柿本便很乾脆地說：「天曉得。我是不清楚啦，不過現在外頭景氣好像比較好了，不是嗎？再不然，就是陽一郎幹了什麼見不得人的事賺了黑錢吧。」

「喂，跟你講好幾次了，不要亂講話啦！要讓全村團結起來得費多大的工夫，我們這種平凡人很難想像的。」花江認真地說。

「原來如此。」黑澤很好奇花江想說的是什麼。

「像那種了不起的人，都是先天下之憂而憂，而且必須當機立斷，不是嗎？不惜犧牲小我，也要一肩扛下所有責任啊。」

「現在還找得到那種人才有鬼！」柿本當場頂回去，「陽一郎會那麼冷酷全是為了他自己，那是自保啦，自保！不止村長，政治人物都一個樣。妳想想看，假設能保證『只要你死了，國民就會幸福』，真的會去死的政治人物有幾個！」

「你太偏激了啦。」

「妳看看仙台那個職棒教練，明明還在球季中，居然把年輕女孩帶到自己房間搞個痛快。什麼菁英，全是些任性的傢伙！」

黑澤先前在調查別的案子時，曾親眼目睹那名棒球教練滿心雀躍地把女孩子帶到下榻的飯店，因而聽到柿本這番話也不禁點了點頭。

黑澤喝了口茶，環視屋內。牆邊並排數個看起來有相當年代的五斗櫃，榻榻米上擺了木雕的兔子，一旁散放著帽子、提袋等雜物，紙拉門上方掛了好幾幀裱了框的獎狀，黑澤心想一定是柿本創作的藝品或雕刻得了一些獎吧，仔細一看，卻是「救援遇難者」的感謝狀。

天花板傳來腳步聲，黑澤直瞪著聲音的方向看，轉頭問柿本：

「樓上有人在嗎？」

「啊啊，那是貓啦，貓。」出其不意被這麼一問，柿本不禁一臉茫然，「真是的，對貓和小偷都不能大意啊，見縫就鑽，手腳快得令人火大。」

「是啊。」黑澤很想說，雖然我本身也是小偷，不過的確是手腳快得令人火大。

「然後咧？講到哪兒了？對了對了，總之呢，獻祭的時機是由陽一郎決定的。」

「獻祭的時機？怎麼決定？」

「這個嘛，應該有一定的方式吧，占卜之類的，畢竟是代代相傳的習俗啊。不過一旦決定舉行獻祭，就會一一通知部落的人。」

「入窟獻祭是這個部落特有的習俗嗎？」

「是啊，從前算是村子啦。」柿本拍了拍手，「現在周造正好在當入窟者，這次期間比較長，一星期前就關進去了，不然還能讓你見見他，他一定很樂意幫你忙的。」

「就是說啊。」花江也頻頻點頭，「周造待人就像是對待至親呢。」說著她移開了視線，彷彿遙望著正關著周造的那座岩壁。

5

「基本上有人入窟的時候，是不能靠近那座山的。」柿本繼續講解。

「可是你剛才不就跑去山裡了？」黑澤一問，只見柿本垂下單邊眉毛說：「反正他們又不當我是村裡的一分子，管他的。」

「你再講那些鬧彆扭的話，明年要獻祭的時候，人家還是不會找你去開會哦。」花江故意開玩笑，沒想到柿本一臉嚴肅地回道：「那可不行。」態度立刻軟化，「我剛剛只是去山裡找雕刻用的木材，真的只是這樣。幫我個忙，不要告訴別人我去了山裡，好嗎？」柿本朝黑澤雙手合十。

「是硬性規定不能靠近那座山嗎？」

「我想，應該是從前真的以活人獻祭那時候流傳下來的規定吧，因為啊，搞不好一走進山裡就聽得到聲音。」

「聲音？」

「你想想看，被關在裡面的犧牲者會認命地等死嗎？雖然村人可能事先已經把犧牲者的嘴塞住，在洞窟外頭還是聽得見呻吟還是什麼聲響吧。」說到這，柿本也不禁皺起眉頭，「所以村人才會打定主意絕不靠近洞窟吧，裝作沒看到、沒聽見，因此獻祭期間是嚴禁外出的。」

「原來如此。」

「所謂的習俗就是這樣吧，都是為了隱瞞某些東西，而牽強附會出一堆很像那麼一回事的歪理。」

「你指的『某些東西』是？」

「像是恐懼或罪惡感，還有欲望，不外乎這些吧。習俗與傳說會誕生，就是為了粉飾這些東西。」

「原來如此。」黑澤沒想到柿本會有如此的見解，大感佩服。

「我覺得呀，野鎚（註）也是類似這個道理來著。」

「你說的是那個傳說中的動物？」

「嗯，長得像蛇的那個。每次我看到那個圖案都覺得啊，野鎚的外表乍看很像男人的那話兒呢。」

黑澤回想著野鎚的形貌，確實也不能說不像男性的性器官。

「所以搞不好是這樣哦：從前有個了不起的男人在夜裡露出那話兒，被小孩子看到了；不知他是正要和女人相好，還是想嚇唬小孩子，反正是好死不死被看到了，結果隔天一早，小孩子便跑去問他那是什麼呀。」

「於是就捏造出野鎚這種生物？」

「沒錯沒錯。」柿本像孩子似地大笑了起來，「大概不是在家裡，而是在野地草叢裡被看到的吧。男人騙小孩子說：『喔，你看到的是野鎚啦。』小孩子告訴了朋友，謠言愈傳愈廣，到後來，虛構的野鎚便成了傳說中的動物了。」

「原來如此。」黑澤覺得柿本的這個推論與事實應該有落差，但遇上不想被知道的事物便拿別件做偽裝，這種手法確實不無可能，尤其是牽扯到性與死亡這些不便公諸於世的事，更容易遭人隱瞞。

黑澤從前曾為了尋人前往某個村落，該村有個習俗，定期要求女子剃光頭，相傳是為了祈求豐收、佛祖庇佑，但黑澤想，剃光頭的本意應該是為了不讓村裡的女性被定期前來村落的行腳商人奪走吧。

6

聊著聊著，夕陽西下。這屋子西曬很嚴重，夕陽照得室內紅通通的，或許是開了許多扇窗的關係吧。黑澤東想西想著，天色慢慢暗了下來。

「我看你今天沒辦法移車了吧。」柿本說。

註：野鎚（ツチノコ），日本傳說多年的謎樣生物，最早的圖形出現在井出道貞的《信濃奇勝錄》，狀似蛇的軀體部分異常膨大如鎚，據說能一躍二公尺高，行動非常迅速。目擊的人相當多，但目前仍未捕捉到活體，兵庫縣更懸賞了高達兩億圓徵求實體的野鎚。

今天的確是不可能了。黑澤看了一眼外頭昏暗的天空，不過反正他本來的目的地就是小暮村，也算是在計畫之中，差別只在車子停遠了點，而且停得有些不自然罷了。

「既然這樣，你今天就睡我們家吧。」柿本大聲地說。

黑澤本想謝絕，但花江接著說：「我剛好烤了三條魚，您也一起用晚餐吧。」於是他就這麼留下來了。

一方面，黑澤並不覺得這附近會有旅館或民宿，柿本夫妻的好意幫了大忙；另一方面，他也期待能從他們口中問出更多關於這個村子的情報。

「反正周造人關在洞窟裡，這幾天還出不來啦。」晚餐的餐桌上，柿本又提起這個話題。

「周造入窟的期間是由誰幫忙送飯呢？你說會有『備餐者』，所以是周造的家人？」黑澤問道，一邊夾了一口眼前的烤魚。這條秋刀魚偏肥，魚皮也烤得不夠焦，但味道的確非常鮮美。

「周造是孤家寡人啊。」

「是喔？」黑澤一直以為周造已婚。

「唉，聽說他經歷過情人逝世，之後就獨身至今。」

「發生過那樣的事啊？」

「是啊。」柿本露出愛湊熱鬧的人不負責任的笑容，「他從一而終的個性很討人喜歡吧，周造就是這樣的人呀。」

黑澤心想，講好聽是從一而終，其實應該多少有些偏執吧，但他沒說出口。

他也察覺花江正一臉擔心地望著饒舌的柿本。

「所以呢，幫周造送飯的是鄰居一位叫唄子的老婆婆，已經九十多歲了。周造籤運太好了，託他的福，婆婆老是當備餐者，忙到連老年癡呆的時間都沒有。」

「籤運？」

「哎喲，我是完全沒發現啦，」柿本看了花江一眼，「是這人覺得怪，她說周造怎麼一直在當入窟者。不過就像我剛才說過，入窟者是透過轉念珠抽出來的，應該只是湊巧吧；歌要唱幾遍也是擲骰子決定，所以只是周造坐的位置常中獎啦。」

「可是老伴，你不覺得好像每次都抽到周造嗎？」花江的語氣很溫和，但似乎已經不吐不快了。她將碗放回餐桌上。

「這傢伙真的很妙，她還說陽一郎會不會是故意陷害周造當入窟者。」

「我不是那個意思啦。」花江慌忙揮了揮手，手上仍拿著筷子，這舉止有如十多歲少女般可愛，「我只是覺得不太對勁。」

「也就是說，周造當入窟者的次數已經多到會讓人覺得奇怪了？」黑澤問。一方面他也覺得可笑，不明白自己為什麼要涉入這檔事，這很明顯無關工作。

「不是啦，次數到底算多還是少……」花江突然變得怯聲怯氣，一邊掐指算著，「我們搬來這裡九年，周造已經當過兩次入窟者，加上這次就第三次了。」

「沒錯，村裡獻祭大概一、兩年辦一次，這九年來辦過大概六、七次，嗯，當中有三次都是周造，應該不算少吧。」

黑澤聽了也沒什麼特別感想，不過的確，在七次中佔了三次算滿多的，「妳覺得是陽一郎設計陷害周造？」他問花江：「他的目的是什麼呢？」

「哪有什麼目的！」開口的是柿本，邊說還邊噴了幾粒飯，「那兩人是死對頭，還是叫水火不容來著，反正連對方呼吸的方式都看不順眼，就是這麼回事。聽說陽一郎和周造同年，兩人原本感情很好，不知何時開始就彼此不說話了，現在連看都不看對方一眼，交情差得不得了。」

「這樣啊？」黑澤看向花江。

「嗯。」花江的語氣有些落寞。

「唉，最主要是身分地位太懸殊了吧。」柿本一副了然於胸的神情，「一個是村長的長男，一個是木匠的兒子，身分畢竟不同。」

「都二十一世紀了，還會在意出身貴賤之分嗎？」

「這種事無論何時何地都存在的。他們盤家聽說很嚴格，孩子從小就被逼著學一堆東西，都是些當部落頭子、當村長必備的知識。」

黑澤很難想像「村長帝王學」在教些什麼，但或許經營一個小群落也需要一定程度的教養與技術吧。

「反正啊，陽一郎沒孩子，世襲應該是到此為止了。」

「陽一郎也沒結婚？」

「聽說結過了，但村長太太後來生病過世，兩人又沒生孩子，盤家一門的歷史也畫上句點了吧。大家都很在意之後由誰繼任，但沒人敢公然問出口。」柿本一臉嫌麻煩的表情。

晚餐用得差不多的時候，柿本邊說「難得有客人來嘛」邊拿出日本酒，開始小杯小杯地啜著。喝了一會兒，柿本突然站起來，黑澤心想發生了什麼事，抬頭看向他，只見柿本像個孩子似地揉著眼睛，粗魯地說了句：「我要睡了。」黑澤很訝異時間過得這麼快，一看柱上的時鐘，明明還不到晚上八點，現在連小學生都沒這麼早上床了。

「要休息了嗎？」

「我才不睏呢！」這麼說的柿本眼皮都快睜不開了，搖搖晃晃地走出了客廳。

「讓您見笑了。」花江苦笑著說：「他就是那副德行。」

「別這麼說。」接著黑澤立刻切入正題，「村裡的人不喜歡陽一郎嗎？」

「該怎麼說呢……」花江偏頭思索著，「他的個性太嚴厲了吧。」

「他和周造為什麼那麼合不來？」

「詳情我也不是很清楚，」花江閉上眼，神情有些落寞，「只是……聽說過一些事……」

她似乎不太想說，話講得斷斷續續的。

「告訴我妳聽到了什麼。」

「周造原本有個女友，好像是在高中時候吧……」

「就是妳先生剛才提到後來過世的那位戀人嗎？」

「聽說那女孩子是山形縣人，自殺死的……」

「真悲慘吶。」雖然這麼應了話，黑澤其實無法體會有多悲慘。

「是啊，很悲慘呢。」

「發生過什麼事嗎？」

「話都是從一些愛說長道短的人口中傳出來的，不曉得有幾分可信，不過我聽到的是，那女孩子遭到男人凌辱，羞憤之下才……」

「這樣啊。」

「後來不知為何就有人傳說事情是陽一郎幹的。」花江彷彿啃著苦澀果實般露出厭惡的神情。

「他們說陽一郎欺負那個女孩子？」

「不……，謠言說……是他委託別人幹的……」

「有證據嗎？」

「好像沒有證據，只是周造也一直懷疑在心。」

「嗯，確實他們兩人後來不再說話了。不過，陽一郎有什麼理由要刻意傷害周造的戀人呢？」

「就是呀，為什麼呢……」花江也說不出個所以然。的確，當年還沒搬進這個村子的她是不可能知道緣由的。「周造在村裡的人望高過陽一郎，有人說是出於嫉妒。」

「嗯，也不無可能。」當年十多歲的陽一郎懷抱著什麼樣的心情、採取了什麼樣的行動，黑澤無從得知，再加上摻雜了嫉妒與招怨，外人更難想像了。

「我聽村裡的人說，陽一郎和周造小時候感情真的很好，村裡年齡相仿的小孩只有他們兩個，聽說像兄弟一樣玩在一起呢。」

「原來如此。」

「這種事真是教人難過啊。」花江彷彿望著遠方，「兩人已經三十多年沒和對方說過話了。」

「所以妳會覺得是陽一郎陷害周造當入窟者，就是因為有這三十年的友誼失和？」

「我大概是想太多了吧。」花江虛弱地笑了笑，神色微微閃過一絲陰鬱。黑澤曉得她其實仍無法釋懷。

黑澤想繼續追問，但一方面也懷疑自己是否有必要如此窮追猛打。本來他的目的就只是找出山田，而不是解決這個小村子裡的人際問題，就算花江真的隱瞞了什麼，那又如何？

7

隔天早上八點，黑澤醒來，打算在部落裡探聽一下。那名唄子婆婆住在最偏遠的一間瓦屋頂平房裡，高齡九十的她仍過著獨居生活。

「婆婆九十歲了，雙眼幾乎看不見，身子骨卻硬朗得很。上次地震的時候，全村第一個衝出去的就是婆婆，老早便抱著背包站在村子出口呢。」早上聽花江說這件事時，黑澤只覺得是加油添醋的小趣聞，然而一見到唄子婆婆本人，他明白或許那傳聞不見得是誇大其詞。看著婆婆站得直挺挺的身影，完全感覺不出是九十歲的老人家。

「哎呀呀，我還在想怎麼有人上門，來了個這麼帥氣的男生呀。」婆婆滿臉皺紋，肌膚也毫無光澤，表情卻相當生動，整齊的齒列一顆牙也不缺，「我聽鄰居說有個陌生人來村裡，就是你嗎？」

「消息傳得真快啊。」黑澤苦笑著。

「這麼偏僻的村子還有小偷會來，呵，相當執著嘛，辛苦你了。」

「咦!?」黑澤不禁心頭一震，一句「您怎麼知道我是小偷」差點沒脫口而出。

「猜錯了嗎？我還以為肯定是小偷呢。」

「小偷會在玄關打過招呼再進屋嗎？」看來婆婆只是隨口說說，但黑澤仍為她直覺之敏銳驚嘆不已。「我來是想請教您一些事，我正在找一個人。」他從口袋拿出照片讓唄子婆婆看。

「誰呀誰呀？」婆婆湊近照片。黑澤低頭望著婆婆個頭嬌小、頭髮稀疏的身影。婆婆說：「這是哪位呀？」

「他叫山田。您在這一帶見過他嗎？」

「唔，我沒見過耶。你大老遠跑來我們村子只是為了這件事？」

「嗯，我昨晚借宿在柿本先生家。」

「你去找那個怪傢伙啊？」

「他是怪傢伙呀？」

「興高采烈搬來這種偏僻村子的傢伙不怪嗎？」

「他一直很哀怨，說村裡的人都排擠他。」

唄子婆婆吃吃地笑了出聲，「那傢伙想太多啦，大家都沒那意思，再說，和村裡的人打成一片又沒什麼好處。那叫什麼？『鄰家的草皮比較綠』是罷。」唄子婆婆的話匣子似乎一開就停不下來，只見她愈說愈起勁。

「我聽說入窟獻祭的習俗了。」

「哎呀，聽說了嗎？一定覺得很詭異吧。你來得剛好，我正要去入窟者那兒，一塊兒來吧？」

「您要去那座山裡？」

「不知道你聽說了沒，這次入窟者的三餐由我負責。我要去送今天的早餐，你方便就一起來吧，機會難得哦。」

「我跟去沒關係嗎？入窟期間不是禁止入山？」黑澤想起柿本的叮嚀。

「不會有問題啦，只要說是我硬拉你去的就沒事了。我這把歲數了，一般來說，做什麼事都不會被罵的。」婆婆邊說邊轉身朝屋裡走去。

沒一會兒，婆婆拿著一個透明餐盒走了出來，裡面應該是裝滿了食物。

「好了，走吧。」

唄子婆婆走起路來健步如飛，完全不像九十歲的老太太，反而是黑澤要擔心一個沒留神會跟不上她的腳步。

「嗳，關於入窟者的習俗，你覺得如何？那麼奇怪的儀式，以你一個外來者的角度來看，一定覺得很詭異吧。」

「還好啦。」黑澤含糊帶過，「的確很新奇。」

「『還好啦。的確很新奇。』」唄子婆婆故意學黑澤的語調，「你這人真帥氣呀，講起話來這麼冷靜，人緣一定很好，還真看不出來是個小偷呢。」

「我不是小偷。」黑澤小心地回道，一邊留意不讓婆婆察覺自己內心的波動。

「你說了算。不過啊，周造常說『小偷看起來都不像小偷。』壞傢伙大多一副正人君子模樣，反倒是舉止齷齪的人搞不出什麼名堂。所以看到你這種言行帥氣的傢伙，總覺得應該是小偷之流的。」

「就是所謂『惡魔的嗓音特別好聽』嗎？」

「聽周造說，戰前的日本也是這樣。一宣告『開戰嘍！』，所有的人、包括我都反對，但戰爭不知不覺展開了。一開始政府光講些漂亮話，把所有人牽扯進去，像是『國家有危險，我們一起捍衛家園吧！』、『再沉默下去，國家的面子都要丟光了！』拚命地煽動人民。唉，就是這麼回事吧。」

黑澤想起一句諺語——通往地獄的路都粉飾得很美。同時他也察覺話題扯遠了，「這位周造似乎很受村人愛戴？」

「是呀，他也五十歲上下了吧，孤家寡人一個，個性穩重、溫柔，待人又和氣。」

「他和陽一郎交情不好嗎？」

「柿本連這都告訴你啊？嗯，不過他說的是事實。」

「陽一郎的風評如何？」

「哎呀，在上位的人難免遭人指指點點，要是被看輕就玩完啦。不過，陽一郎的確很不會做人。」婆婆又補了一句，「和周造簡直是天差地遠。」

車道上完全不見行人或車輛，兩人並肩走在大路的正中央，整片澄澈蔚藍的天空飄著絲絲宛如輕煙的白雲，黑澤不禁為這份閒適感動不已。周遭一片恬靜，只聽見鞋子踏在地面的輕快聲響。在如此清爽的晴朗天空下，與一名大上自己五十多歲的婆婆並肩漫步，是多麼難得而奢侈的事啊！不過話說回來，這位婆婆真的九十歲了嗎？

「所以呢？你覺得如何？」兩人走了數十公尺，唄子婆婆突然問道。

「什麼覺得如何？」

「入窟獻祭的習俗啊。你怎麼看？」

黑澤正想回婆婆「您剛才問過了」，但感覺上她這次只是想開個話頭，其實是她自己有話想說。於是黑澤反問她：「您怎麼看呢？」

不出所料。「其實啊，我在猜……」只見唄子婆婆緩緩道來：「當初會搞什麼活人獻祭，背後一定有鬼。」

婆婆的嗓門並不大，但中氣十足，黑澤一字一句都聽得很清楚；而且即使講得有些斷斷續續，言詞表達卻毫無窒礙。「婆婆，您真的九十歲了嗎？」

「不是啊。」婆婆回道。

「我想也是。」

「不是九十，是九十二歲。」

「啊？」黑澤頓時啞口無言，怔了一會兒才回道：「我想也是。」

8

黑澤前來小暮村的路上沒留意到，但這條山路似乎緩緩彎了個弧度，本來以為筆直前進就會抵達的山頭，如今卻出現在右前方，岩壁也在那附近。婆婆說：「越過山頭就是山形縣了。」黑澤卻不覺得這座山頭能那麼輕易越過。

「我猜啊，當初會選什麼入窟者，一定是那屆村長在打什麼鬼主意。」婆婆又說了一次。

鬼主意？黑澤不明白。「可是我聽說是村長做了個夢，夢中提議以活人獻祭消災呀？」

「哼，你覺得會這麼湊巧，說夢就夢得到嗎？」

黑澤想想，也不無道理。

「我啊，生性多疑，總覺得任何事物都有另一面，所以聽到這種事我也持保留態度，說什麼『只要把活人獻給神，山賊就會銷聲匿跡』，很像在騙人。」

「不過後來山賊的確消失了，不是嗎？」

「我是這麼想的——那個犧牲者啊，村長根本打一開始就決定好了。」

「您說那個女人？」

「嗯，依我看呀，那個女人恐怕是村長的情婦之類的，也就是對村長有威脅的角色。」

看來故事相當曲折離奇，黑澤不禁興趣大增。

「然後呢，村長為了滅口便決定舉辦活人獻祭。哼，當初一定是這麼盤算的。」

「為了殺掉她嗎？」

「剛開始可能沒打算做到那麼絕，但村長和山賊之間一定做了什麼交易，好比『我送個女人給你們，別再來騷擾我們村子了』，應該有過這類交易或是私相授受吧。」

「送個女人給你們……」黑澤喃喃念著，一邊感受這句話的咬字中伴隨著血淋淋現實的不快感。

「沒錯。『那個洞窟裡關了個女人，隨你們處置，交換條件是別再來打擾我們』，聽了很不舒服吧，但很有可能哦。」

「聽了很不舒服，但很有可能。」黑澤也同意，「聽說入窟者進去洞窟之後，村人會以岩石堵住洞口，是嗎？那山賊要從哪裡進去？」

「真要進去總有辦法吧，村長也可以自己打開洞口放人進去啊，而且其實從很久以前大家就傳說那座洞窟有祕密出口，搞不好還真的有。」

「祕密出口啊。」

「大概在二十年前吧，發生了文吉事件，那時候村裡就謠傳洞窟有祕密通道了。不過呢，我也當過幾次入窟者，當時想說來找找看吧，但洞裡真的太暗了，根本無從找起啊。」

文吉事件——黑澤的耳中迴蕩著這個詞，心裡也很在意，但他還是先問另一件事：「當入窟者是什麼感覺？」

「當然不好受啊，洞裡黑漆抹烏的，上廁所得到洞窟的最深處解決，整個洞裡臭氣熏天，待在那種鬼地方，哪還有心情找祕密出口。」

「所以依您的看法，那個女的是在洞窟裡被山賊凌虐致死？」

「是啊，雖然沒人知道後來洞裡發生了什麼事，也可能是那個女的自盡身亡，總之，村子所有人都覺得入窟獻祭真的生效了。」

黑澤想像著那名女子被押進那座岩壁後方洞窟的身影。或許剛開始，女子也滿心以為這是獻祭，她雙腿顫抖著走進洞窟，蹲了下來縮起身子，村人以岩石堵住洞口的聲響傳進耳裡。她是抱著什麼樣的心情聽著那聲響呢？眼看光線從身畔消逝，四周的穴壁與自己的肌膚逐漸染上化不開的黑暗，而她只是茫然地望著這一切嗎……

她什麼時候才察覺這是村長搞的鬼？她什麼時候才發現，無論是出於復仇、嫉妒，或是想滅口，總之，自己是被陷害進到這個洞窟裡來的……

在分不出白天黑夜的洞窟裡，忍受著飢餓的侵襲，她心裡想的是什麼？突然洞口打開了，走進來的卻是那群山賊，這一刻她的感受是什麼？是深深的絕望？還是憤怒？黑澤心想，當然無從得知吧。而與此同時，他心中也浮現另一個聲音——知道了又如何？

「就快到了。」唄子婆婆說。

兩人來到入山口，路幅只有先前的一半寬度，柏油路也在此處接往踏平的土面小徑，黑澤朝右邊的岩壁走去。

「不過，之後的入窟獻祭同樣很有效，不是嗎？」他想到一個疑點，「村長應該很難像趕走山賊那次一樣動手腳操弄結果吧？」

「我想是因為盤家的人腦袋都很好吧。包括陽一郎、他父親紘一郎、祖父、還有曾祖父，四代少主我全認識，每個都聰明得緊。雖然各有各的個性，有的讓人敬而遠之，有的是個老好人，共同點就是聰明啊。」

「您說的是『聰明』，而不是『小聰明』吧？」

「他們家的人啊，可能學過一些關於事物發生前兆的知識吧，像是變天的徵兆、熊出沒的預警之類的。」

「所以不是憑直覺，是靠學來的知識？」

「他們啊，一旦發現前兆，便看準時機要村人舉行入窟儀式，這麼一來，消災解厄當然就成了獻祭的功勞。」

黑澤目不轉睛地盯著唄子婆婆看。這位婆婆的手背與頸子滿是皺紋，矮小的身軀甚至會被誤認為是小學生，但其精力之充沛，思路之犀利，黑澤不禁低喃：「這就叫做九十歲的慧眼嗎……」

「就跟你說不是九十歲，是九十二！這兩年可要緊了，別跳過啊。」婆婆笑道。

「您和村裡的人說過您的看法嗎？」黑澤覺得這個「村長陰謀論」相當有說服力。

「當然沒說啊，那種話怎麼說得出口，別傻了。」唄子婆婆笑了，「不過我曾和我家那口子提過，就是我那死掉的老公，結果劈頭就挨了一頓臭罵，他說：『妳講那什麼傻話！不准說村人的壞話！』」

不知道這位老婆婆年輕時是什麼樣的女子？黑澤試著在腦中描繪，但怎麼都想像不出婆婆幾十年前的面容，還是算了。「對了，您剛才提到的事件是怎麼回事？」

「文吉事件啊？」

「是的。」

「那事件可奇啦，本來嘛，這種小村子怎麼可能發生什麼事件，但真的發生了，大概在我剛滿古稀（註）的時候吧。」

「文吉是人名嗎？」

「嗯，他是個惹人厭的傢伙，四十歲上下，也不好好幹活兒，偏偏生個俊俏的臉蛋，就是他死啦。」

「會被稱為『事件』，表示他死得很不尋常嘍？」
「沒錯，文吉死在洞窟裡，那次剛好由他當入窟者。」
「當時還是以活生生的人獻祭嗎？」
「怎麼可能！三餐照樣送去給他吃啊，除了山賊那次，之後從來沒有人因為當上入窟者而死的紀錄，所以文吉死在洞裡才會引起那麼大的騷動；而且最怪的是，文吉那傢伙人是死在洞窟裡，死因卻是摔死的。」
「摔死？」
「聽說全身骨折，很像是從山崖摔下去的。在洞窟裡又不可能摔成那樣，大家都覺得很不可思議，明明關得好好的，怎麼會發生這種事。」
黑澤宛如在漆黑中凝目注視般瞇細了眼，想不透在洞窟裡摔死是怎麼回事。
「陽一郎和周造真的感情很差嗎？」他試著又問一次。
「我也不清楚發生了什麼事，」唄子婆婆果然沒否認，「從前啊，那兩人感情好得不得了，從早到晚一起玩投接球，上哪兒都形影不離，學校的馬拉松大會還曾經同時抵達終點，和高年級吵架也是兩人一個鼻孔出氣呢。」說著她的臉上不禁浮現微笑。

註：古稀，指人七十歲。

「我聽說他們友誼失和的導火線是由於周造的女友過世？」

「誰曉得呢？」唄子婆婆只是含糊應了句，接著感嘆道：「本來謠言就說不準有幾分真實吧。」但黑澤聽得出來，至少那個謠言是確實存在的。

這時，眉頭深鎖的唄子婆婆突然抬眼望著不遠處，有些訝異地開口：「啊，陽一郎，怎麼啦？你怎麼會在這兒？」

9

村長陽一郎可能也聽說了有外來者借宿柿本家的消息，他見到黑澤，既沒有驚慌失措地大喊「哪來的陌生人！」，也沒有動怒，只是不客氣地盯著黑澤問：「你跑來這裡做什麼？」

「我的車成了那副德行。」黑澤指著左前方說道。那輛租來的車一如昨日整輛往左側歪陷，傾斜的角度非常大膽而引人同情。「有車也回不了家，正在傷腦筋呢。」

陽一郎點點頭，斂起下巴說：「我幫你。」他的聲音低沉，看上去不覺得有五十歲，給人精明強悍的印象。

「那麼我先走一步了，還得去送飯呢。」一旁唄子婆婆說著轉身就走，沒想到陽一郎旋即叫住她：「別去吧！送飯口的岩石有些崩落，手要是伸進去，一個不小心會受傷的。」

「但也不能因為這樣就不送飯吧。」唄子婆婆將裝滿餐點的盒子亮在陽一郎面前。

「交給我吧，我等會兒送去。」

唄子婆婆似乎不太能接受，不開心地板起一張臉，但還是將餐盒遞給了陽一郎。

「這樣啊，那就麻煩你了。」婆婆接著問黑澤：「你也一道走嗎？」

「我要移一下車子。」

目送唄子婆婆離去之後，陽一郎說：「好了，來搬車吧。」他的聲音毫無抑揚頓挫，宛如有雙冰冷的手撫上黑澤的頸子。

陽一郎看上去很瘦，肩膀不寬，力氣卻不小，伸手扳住轎車底盤的架勢也非常穩，而且他是使出全力幫忙抬車，不像柿本只是做做樣子。然而光靠兩個人的力量畢竟無法抬起轎車，於是他們決定用拉的將車子拉回草地上。

「一、二、拉！」兩人合力使勁一拉，路邊土砂崩落的同時，車子被拖了上來，四輪穩穩地停在草地上。

黑澤坐進駕駛座發動引擎，硬是將車子駛離草地回到石子路上。

迴轉，倒車，黑澤讓車頭面向下山路之後停了車，下車向陽一郎道謝。

「其實我是來找個人的。」黑澤拿出照片讓陽一郎看，一邊盯著他的表情。

察言觀色是黑澤的拿手絕活。以闖空門為業的，必須對下手對象的生活作息瞭若指掌，理解其行為模式。當然，不按上述計畫或程序、像在趕工似地偷東西的同業大有人在，但黑澤寧願保有一定程度的機伶，因此察言觀色便成了不可或缺的技能。

陽一郎彷彿戴著面具似地面無表情，他單眼皮，嘴型薄而長，膚色白皙，兩道眉醒目清秀，卻彷彿貼在臉上動也不動。他看著照片，眼神閃過一絲遲疑。

「你認識這個人？」

「不，沒見過。」

「可是你剛剛眼神游移了一下。」黑澤的判斷是——對付這種人，應該老實地亮出底牌。

「照片上這位是？」陽一郎不為所動。

「他叫山田。」

「這位山田先生看起來人品不佳，不像是個正經的人，」他指著照片說：「要是我們村子裡有這種人就麻煩了。要說我有不安，也是因為擔心這件事吧。」聽不出是辯解還是真心話。陽一郎又問：「請問你是？」

「我叫黑澤。」

「黑澤先生，你事情辦完就請回吧，待在我們村子很無聊吧。」

「我想去看看那座洞窟。」

「你聽說了？」陽一郎終於變臉了，原本毫無表情的臉寫滿嫌惡與不悅，「你一定覺得是未開發村落的野蠻習俗吧？」

「不錯的習俗啊。」黑澤聳了聳肩，他覺得保有跨越世代的傳統風俗絕對不是壞事，現今的日本幾乎沒有代代相傳的思想，人們毫不珍惜思想與常識，用過即丟，也沒警覺到累積智慧與知識的重要性。「現在被關在裡面的人，叫做周造，是吧？」

「不是被關在裡面，是正在入窟祈福。」陽一郎特別強調。

於是黑澤試著換個方式切入，「文吉事件是真的嗎？」

陽一郎顯得很錯愕，似乎沒想到村裡的人這麼多嘴，「那件事根本已經成了一個天大的謊言了。」

「事實不是這樣嗎？」

「只有一點是事實——入窟者文吉先生死了，如此而已。可能是心臟病發吧，事後有人加油添醋，謠言愈滾愈大。謠言這種東西都是這樣，以訛傳訛，愈傳愈誇張，說穿了可能只是出於好玩，也或許是為了逃避責任吧。」

「逃避責任？」

「問題出在周造。」陽一郎終於說出這個名字，「當時的備餐者是周造。你知道備餐者？」

「負責送三餐給入窟者的人。」

「不只如此，備餐者還必須留心入窟者的身體狀況，因為要是真的出人命就糟了，但當時身為備餐者的周造居然沒察覺到文吉身體不適。」

「所以是周造四處散播謠言說文吉在洞窟裡摔死了？他為什麼要這麼做？」

「大概是想捏造能夠讓自己完全卸責的離奇事件吧，而且事實證明，村民的焦點都放在文吉的離奇死亡，沒人責怪周造的失職。」

「這麼說，文吉的死不該歸咎於離奇摔死，應該怪周造的人格，是嗎？」

「哼，他有人格嗎。」說出這句話的陽一郎顯得很沒氣度。

「我能去入窟者的洞窟看一下嗎？」黑澤再度闖關。

「很抱歉我沒辦法答應你。我們村子小歸小，也有自己的小宇宙，希望你不要破壞我們的規矩。」

「好吧。」黑澤回答得很爽快，連他自己都有些意外。不過當然，他並沒有放棄探查洞窟，只是因為陽一郎剛才「有自己的小宇宙」的說法相當有意思，黑澤內心不禁稱是——對，任何地方都有個小宇宙呢。

黑澤沒有反抗也沒辯駁，默默坐上了車。

「順便送你一程吧？」聽到黑澤的邀請，陽一郎猶豫了一下，還是坐上車了。

黑澤開車送陽一郎到部落入口處，陽一郎說：「歡迎再來玩，下次請避開我們入窟獻祭的期間，我也比較有空帶你逛逛。」丟了這句話便下了車。

「啊，想請教一件事。」黑澤從車窗探出頭對著陽一郎的背影喊道。

陽一郎毫不掩飾不悅，臉上寫著「你已經問了一百件事了，不是嗎？」

「你和周造為什麼處不來？」

聽到黑澤這麼問，陽一郎依舊面無表情，沉默了好一會兒，才粗魯地冒出一句：

「因為我們彼此都無法信任對方。」

「可是你們小時候不是像兄弟一樣玩在一起嗎？」

「小時候什麼都不懂吧。」

「這樣啊。」黑澤踩下了油門。

車子往溫泉街的方向駛去，前進了約一百公尺，黑澤將車子開往路肩，左邊有一區長滿了常綠樹，於是他闖進那塊小森林停了車，走出車外，確認四下無人之後，回頭朝小暮村走去。

「喂喂，你要回那村子？」黑澤腦袋裡傳來自己的聲音，「幹麻又跑回去？」

「你剛也看到了吧，」黑澤自問自答，「陽一郎手上沒拿著唄子婆婆交給他的餐盒。」

剛才兩人將車子拖回平地的時候，陽一郎手上並沒有唄子婆婆的餐盒，而且他沒送餐點去洞窟便上了黑澤的車，也就是說，他一定把盒子連餐點一併扔了。

「陽一郎為什麼要這麼做？為什麼把入窟者的餐點扔了？」黑澤的腦子裡，疑問接連湧上。

「我的工作是來找山田的，沒必要插手管那村子的事吧。」但嘲笑與規勸也同時響起。

「工作第一的話，」黑澤對自己說：「當個上班族不就好了，對吧。」

就算這件事和工作毫無關係，所以呢？——黑澤很快便得出了結論。

10

「還順利嗎？」黑澤再度踏進柿本家，迎接他的是花江溫柔的笑容。

「只拜訪了一戶，見到了唄子婆婆。」

「婆婆很健朗，對吧。」

「嗯，相當驚人。」黑澤聳了聳肩，「後來我還見到了陽一郎。」他沒告訴花江自己去了那座岩壁外頭。

「啊呀，是喲。」

黑澤問她柿本上哪兒去了，她指了指左邊關著的紙拉門。那間是柿本的工作室，也就是說柿本正在創作吧。

「別看他那副德行，關起門來創作的時候也是兢兢業業的呢。」

「畢竟是藝術家吧。」

「他從以前就是什麼都得照規矩來的人呀。」對於年紀比自己小的丈夫的缺點，花江的抱怨中也帶有一絲驕傲。

黑澤脫下鞋子走進屋內，一邊留意著別弄出聲響打擾了工作室裡的藝術家。在暖爐桌旁一坐下，他便開口說：「我有件事想請教妳。」

「我能告訴你的全都說了，應該沒什麼事了吧。」

「是關於陽一郎與周造的事。」黑澤觀察著花江的反應。

花江的臉孔微微抽搐了一下，她垂下視線說道：「那兩人的事，昨天都說過了，我已經太多嘴了。」

「可是總覺得妳好像隱瞞了什麼重要的事。」

黑澤沉默了下來，靜待花江的回答。只見她一臉困惑坐立難安，過了好一會兒才開口道：「其實啊……」她的語氣，講難聽點，像是偷竊被逮的竊賊自白；講誇張點，像是鼓起所有勇氣決定對友人開誠布公。

「我……無意間看到了……」

「看到什麼？」

「大概一個月前，有天半夜，我跑去那座山裡……」

「就是入窟者在的那座山頭？」

「那時候還不是入窟期。」

「為什麼妳一個人會跑去那種地方？」而且還是在三更半夜？

「那天風很大，我睡到一半被風聲吵醒。風大的日子，山裡常有樹倒下。」

「樹？」

「樹枝會被風吹斷呀，那些東西剛好可以當我先生雕刻的材料……」她似乎有些不好意思，稍稍低下了頭。

「妳為了撿拾那些木材，便跑去山裡？」

比起柿本，花江看上去腦袋清楚而且聰明得多，似乎也很受不了悠哉悠哉自命藝術家的丈夫，但即使如此，她還是想成為丈夫的助力而四處尋找雕刻素材。想到這兒，黑澤不禁心頭微熱。

「我剛好撞個正著……，看到陽一郎和周造在吵架。」

「大半夜裡？」

「當時我在入窟岩壁再過去的地方聽到說話聲，想說去看看，本來只是隱約看到人影……」

「後來才發現是陽一郎和周造吧。」

「我從沒見過那兩人對話，嚇了我好大一跳，而且還是在深山裡，真的很恐怖啊……」花江皺著眉縮起頸子。

「他們說了些什麼？」

「聽不清楚，不過感覺好像周造說了什麼讓陽一郎很生氣。」

黑澤按了按眼頭，試著想像當時的狀況。兩名男子在爭執，而且是交惡三十年以上的兩人，雖然對彼此開了口，黑澤不認為他們會平靜地打打招呼便結束對話。

「那妳呢？」

「我馬上逃離現場了，因為真的太恐怖了啊。」

「妳是說，好比某一方對另一方懷有殺意？」

「黑澤先生，您是不是知道了什麼？」

「不知道耶。」黑澤坦承道。他不知道發生了什麼事，只是陽一郎把餐盒扔掉那件事一直盤旋腦海。

刷的一聲，一旁紙拉門粗暴地被拉了開來，柿本出現了，「喔，你又來啦。」他看到黑澤便垮下了臉。

「其實我來是想請你幫個忙。」黑澤開門見山地說了。

「幫忙？」

「黑澤先生，您想做什麼？」花江問：「關於陽一郎他們倆的事，您是不是有什麼眉目？」

我這個人啊——黑澤很想回她——我這個人怎麼可能關心別人的事呢。只不過，他很肯定的是，聽了花江一席話，他心頭浮現一股漆黑煙幕般的詭異直覺——搞不好陽一郎打算把周造關起來殺掉……

11

即使位於山中的部落，陽一郎家的房子現代感十足，在一群瓦造與茅草蓋的舊式平房中顯得很突兀。那是一棟庭院寬廣的兩層樓建築，宏偉的外觀要說是鎮上高級的新成屋也不奇怪。黑澤心想，不愧是村長的家，這種程度的優渥待遇應該不為過吧。

門鎖兩三下便打開了，黑澤覺得既無開鎖的意義又很沒勁，甚至有點被耍的感覺。或許在這種窮鄉僻壤，不需要嚴密的門鎖也不用擔心小偷拿針狀開鎖器悄悄侵入吧。

黑澤將玄關的門扉橫向拉開一道縫，滑進屋內之後拉上門扉，迎面看到的是寬廣的三和土（註）地面。看來就算全村的人集合在這兒，也不必擔心沒地方排放鞋子。黑澤聞到類似溼草的香氣，大概是和室傳出的榻榻米味道吧。

他脫下鞋子，踏上走廊。

陽一郎不在家。正確來說，是黑澤讓他不在家的。

黑澤請柿本幫忙把陽一郎叫出去。「只要下午找他出去一小時就好，我想去他家搜一下。」

想當然耳，柿本訝異不已。

黑澤解釋：「因為陽一郎家裡可能有那位山田的資料。」

註：三和土（たたき），花岡岩或安山岩風化而成的土混以石灰及水，三種成分充分攪拌後塗在踏平的泥土地上以強固地面，在早期沒有水泥的時代，常見於日本傳統建築屋內的出入空間。

「就算這樣，也不能幹這種像小偷的行為吧。」

要是回他「我本來就是小偷」也無濟於事，於是黑澤換個說法：「可是搞不好事關人命啊。」

這麼說的確有些誇張，但有五分是真心話。要是陽一郎真的將周造關進洞窟裡又不給他食物，和殺人並無兩樣。

但柿本仍遲遲不肯點頭，這時黑澤祭出了可能稱得上是殺手鐧的提議：「要是你願意幫我，我會把你的作品介紹給某位藝術圈的人。」

黑澤心裡並沒有譜，他的想法很單純，有個學生時代認識的友人曾在銀座的畫廊工作過一陣子，只要託他牽線，總有辦法吧。

殺手鐧立即見效了。

「喔喔，這樣啊。」柿本提高了嗓音，「好的好的，我來叫陽一郎出來，就說我想和他商量一下，看能不能把我的作品當成本村的名產吧。」

一旁的花江則一直是一臉無法接受的表情。

黑澤在一樓各處探看，一邊留心腳步不弄出聲響。走廊盡頭是寬廣的和室內廳，擺飾著深具懷舊風味的家具、木雕以及美麗的紙屏風。雖然很難想像氣味是帶有顏色的，他深吸一口氣，榻榻米的青色香氣便充滿鼻腔。不知何處傳來時針的滴答聲響。

黑澤再度環視這處寬闊的內廳，整個和室非常乾淨而豪華，但毫無生活氣息，感覺冷冰冰的。他走到下一個房間，角落放置著壁龕與佛壇，佛壇上排放了數張黑白照片，當中有一張特別新，像是以拍立得拍下的年輕女子倩影，應該是陽一郎的亡妻吧。

室內東側靠牆有座堅固的黑色書架，藏書量之大，黑澤不禁睜大了眼。裡面多是有關村子自治的資料與研究等等內容艱澀的書，也有許多關於政治家及歷史的書籍。

書架旁邊有個矮書桌，黑澤在和室椅坐下，仔細搜索桌面，只看到文具用品及便條紙之類很平常的東西，一本讀到一半的書放在一旁；桌上型時鐘旁邊有個小日曆，黑澤拿起來翻看，上頭沒做任何記號。

整個室內整理得一絲不苟，甚至有些煞風景。黑澤深深感受到陽一郎的潔癖與神經質，他不禁想知道，在這個小村落中，陽一郎獨自待在如此煞風景的房間裡思考著什麼呢？

他起身打開了壁櫥。根據他闖空門的經驗，保險箱通常會在壁櫥裡。

不出所料，保險箱出現了，是舊型轉盤式的。黑澤的手伸向轉盤。

他一邊轉動轉盤，附耳聆聽，全神貫注在手指上，腦中卻盤旋著文吉事件，就是關於那名入窟者男子的離奇死亡。

不知為何，黑澤總覺得那是陽一郎幹的。

轉盤的振動傳到手指，黑澤一察覺到細微的觸感變化便停下手，往反方向轉動轉盤。

雖然花費的時間比預期多，黑澤還是打開了保險箱。門開的瞬間，他的內心湧起一股類似自我肯定的感受，說不上是安心還是快感，但他每當打開鎖的時候總是如此，彷彿有人點頭認可自己「幹得好！寶刀未老哦！」

黑澤探頭看向保險箱內。即使這次目標不是財物，仍難掩心中的興奮。他伸手進保險箱拿出裡面的東西。

存摺有兩本，戶名都是陽一郎。黑澤打算晚點再想錢的事，於是他沒翻開存摺，先取出放在保險箱深處的筆記本。那是一本橫線筆記，用得很舊了，封面上頭一片空白。

翻開一看，裡面是滿滿的手寫文字，前幾頁記了一些學術書的重點，中間部分則是寫著日期與數字、類似帳目的紀錄。

翻著翻著，有個人名映入眼簾，黑澤停止翻頁。這頁列了好幾個類似時程表的表格，裡頭記錄著日期及數字，幾個像是金額的數目字尤其顯眼。

黑澤看到的是山田的名字，吃驚之餘，也有些苦惱，只見他乖乖地將筆記本翻回第一頁重新檢視。

除此之外，保險箱最深處還有一個布袋，感覺像是使用多年的大束口袋。黑澤拉開袋口細繩，將袋子一倒，數個拳頭大小的木塊咕咚咕咚滾了出來。木塊是漂亮的正立方體，各面都挖有小洞，小洞上還看得出上色的痕跡，但都掉得差不多了。這些都是骰子，想必正是每次抽選入窟者時使用的骰子了。

大顆念珠的最終位置決定犧牲者，而念珠傳遞的時間由唱歌的次數決定，唱歌的次數則由村長擲出的骰子數決定。

黑澤不假思索便握住骰子往榻榻米上擲了出去，擲出了數字三。

只是這樣？這樣便決定出犧牲者？他嘆了口氣，如此決定一個人的使命也未免太輕率了。他正要束回布袋，突然想再擲一次看看，於是，又出現數字三。

咦？黑澤坐直了身子，這次故意胡亂一扔，又是數字三。黑澤拿出其他骰子，逐個擲上數次。

「原來如此。」黑澤不禁咕噥著。

只有一顆除外，其他全是雕工精細的木骰子，外觀也一模一樣，但這些骰子無論擲幾次都只會出現固定的數字。這顆只會擲出數字一、那顆只會擲出數字五，像這樣，各個骰子擲出的數字都不同，但各自只會擲出固定的數字，以這層意義來看，這些全是同類的骰子。

只要透過這些骰子，便能自由決定由誰當入窟者了。這種程度的伎倆對黑澤來說並不難猜到，雖然他不清楚整個抽選儀式的具體步驟為何，陽一郎想必是在看到圍成圓圈的村民每個人的位置之後，再挑出所需的骰子吧。

由於唱歌速度或村民所坐的位置無法預測，結果可能會與期待有出入，即使如此，某種程度應該是能夠以人為操控，讓特定的人當上入窟者。

這些骰子相當陳舊，黑澤心想，搞不好是從最初的獻祭儀式一直使用至今的道具，無怪乎那麼有分量；這些正是將女子獻給山賊時所使用的、代代相傳的假骰子啊。

花江說過，周造常被選上當入窟者。只要使用這些骰子，便不難陷害周造。黑澤將骰子收回布袋，闔上筆記本，已經沒有繼續搜索的必要了。

得立刻去一趟岩壁才行，陽一郎打算殺害周造的鐵證已呼之欲出。黑澤連忙將東西一一放回保險箱。

正要把筆記本放回原位，黑澤突然停下了手，因為他發現本子裡夾了一張照片，直覺那張照片不單純，於是偏著頭望了好一會兒，有股不好的預感，好像組完益智積木時，卻發現多了一塊積木沒組進去。黑澤再度翻開收拾到一半的筆記本，這次，他仔細地從第一頁看到最後一頁，接著翻開一直放在一旁的存摺。

「這麼一來……」黑澤心想，就有兩種可能了。

12

黑澤穿過小徑離開部落，一回到停車的地方立刻跳上車往山上駛去，這樣來來回回的，自己也覺得可笑。

車子沿著平緩的上坡路前進，路幅愈來愈窄，開進了碎石子路，深入山中沒多久便來到路的盡頭，也就是昨天來到山中的同一個停車地點。

關車門的時候，黑澤很怕路邊土砂會不會又崩落害車子歪一邊，不過當然沒那麼不走運。

黑澤豎起耳朵，似乎有腳步聲，猛地回頭一看，卻不見任何人影，他在原地靜待了一會兒，先觀察四下狀況。

接著他朝著岩壁筆直前進，被踩斷的細樹枝發出劈啪聲響，周圍林立的樹木在風中搖曳，樹葉落盡的枝椏沙沙摩擦著彼此。

來到岩壁前方，其巨大更顯露骨，得抬頭望才看得出大概輪廓。高峭聳立的壁面宛如地層般呈現數層色彩，黑澤仰起頭想窺其全貌，卻差點重心不穩往後倒。

黑澤心想，不知道那處被稱作洞窟的岩洞在哪裡，但沒多久便找到了，因為一塊很大的岩石突兀地立在左側暗處，那應該就是搬來堵住洞口的石頭吧。

就在那一瞬間，黑澤揉了揉眼睛，眼前景物突然變成一片昏暗。他停下腳步定睛一看，洞窟前方有人影，但現實中那裡不可能有人在啊，是幻影吧？可是，總覺得耳朵聽得到他們的聲音、肌膚感受得到他們的氣息。黑澤眨了眨眼，那些人仍未消失。

那群男女將近二十人，正合力撐住大岩石，每個人都披頭散髮、齜牙咧嘴，那是滿懷激昂與恐懼的表情。他們雙眼充血，抵住大岩石，使勁將石塊與木枝插進岩石下方的地面。

黑澤直覺知道，這是入窟獻祭的情景。他只是茫然地待在原地望著。

有男子大喊「快點！動作快！」也有人高喊「關起來！關起來！」還聽見女子不斷懇求、哭喊著道歉的話語，以及「妳道歉也沒用啊！」的謾罵，焦躁的氣氛陣陣傳來宛如針刺，黑澤不禁全身寒毛直豎。二十名男女低聲私語，村民的拚勁、罪惡感與嗜虐交纏化為一股熱氣蒸騰，緩緩撼動著空氣，樹葉與泥土也隨之共鳴。

黑澤用力甩了甩頭，周圍恢復明亮，不見村民的蹤影了，森林一片靜謐，嘈雜的人聲也消失無蹤。

於是黑澤走近那塊岩石。

黑澤站在岩石前方一比較，岩石的高度約到心口位置，整塊略呈球形，但只是摸摸表面應該不至於滾動；拿來當楔子的石塊與木材嵌在岩石下方一帶地面。

岩石右方有個孔隙，高度約在成人肩膀位置，寬約三十公分，應該是這塊岩石與洞口之間形成的空隙，很像大型郵筒的投遞口，看來餐點就是從這孔隙送進去的。

黑澤彎著腰將臉湊近孔隙，一股臭味伴隨著冷風襲上鼻腔，那是混雜了食物、汗水與糞尿氣味的腥臭，說不出是酸是苦，雖不至於掩鼻走避，但實在不是令人舒服的氣味。

洞窟內傳出了風聲，黑澤維持原姿勢屏息聆聽，這時，深處似乎有沙沙的聲響。是人嗎？黑澤出聲了，「有人在嗎？」

洞裡只傳來這句話的回聲。黑澤附耳貼近孔隙，沒聽見任何聲音。

「有人在嗎？」他又喊了一次，這次話說得更慢、更清晰。

於是，洞裡似乎傳出拖著步子行走的細微聲響，也像是無力的呻吟。還真有人啊！黑澤連忙湊上孔隙喊道：「喂！你是誰？」

在他推測，洞窟裡的人不外乎兩個人選。他敲門似地以拳頭敲了敲岩壁表面平整的部分，然後更大聲地喊：

「你是周造？還是山田？」

而幾乎與此同時，黑澤察覺身後有人。說得更精確一點，他感覺到落在彎著腰的自己頭上的氣息、鞋子踏上泥土地的聲響、以及將東西高舉過頭時仰腰的空氣振動，黑澤登時往一旁側身滾去。

下一瞬間，木棒揮下。黑澤彷彿使出柔道護身翻滾般倒在地上，抬頭一看，眼前站著一名握著粗大木棒的男子，正圓睜著眼難以置信地看著逃過木棒揮擊的黑澤。

承讓了。——黑澤在內心低語。雖然自己這麼說有些驕傲，但貓和小偷的手腳可都是快得令人火大。

13

男子留著山本頭，擁有柔道選手的體格，肩膀寬闊，襯衫底下的手臂也很粗壯，一身古銅色肌膚。

男子再度高舉木棒，黑澤一面站起身，視線沒離開男子。男子神情嚴肅，但圓圓的臉卻流露出待人和善的親切感。

黑澤伸出左掌制止男子，語氣強硬地喊道：「住手！」他心想，這人就是周造吧，雖然手持武器試圖攻擊黑澤，男子身上確實有股溫柔的氣質，與柿本及花江的描述相去不遠。

「你是周造吧。」黑澤想以這個問題打消對方攻擊的念頭。

不出所料，男子臉頰微微抽動，「你怎麼知道……？」

「你在幹什麼！」話聲從黑澤身後傳來，又出現一個人了，黑澤不必回頭也知道是誰，於是他聳了聳肩，轉頭望向陽一郎。

「黑澤先生，你又跑回來了啊。」

「有些事情掛心，還是回來看看。」黑澤也朝陽一郎豎起手掌，這下便成了右手擋陽一郎、左手顧周造，簡直就像雙手持槍牽制二敵的架勢。

「到底怎麼回事？」陽一郎問周造。

「這個人往洞窟裡探頭探腦的，太可疑了。」

「就算這樣，也不至於拿那種東西打人吧。」黑澤指了指周造手上的木棒。

周造與陽一郎互看一眼。

「總之，你別干涉我們村子的事。沒必要大老遠跑來這種窮鄉僻壤管閒事吧。」陽一郎面無表情地淡淡說道。

「我也不想跑來這裡找麻煩呀。」

「既然如此，你為什麼不離開我們村子？」

該怎麼回答呢？當然，黑澤很清楚要說什麼，他只是有些猶豫，該單刀直入還是委婉陳述？該從結論開始還是先說整個來龍去脈？黑澤瞥了周造一眼。這男的人在這裡，也就代表，黑澤的第一個推論——陽一郎企圖殺害周造——並不成立，所以剩下的只有唯一一個推論。

「我呢，」黑澤指著洞窟說：「有事找這裡面的山田，有人委託我找出他的下落，換句話說，這是工作。」

周造登時臉色一變。

「你為什麼這麼認為？」而陽一郎依舊板著臉。

「只是單純的猜測。我來洞窟是為了找山田，但他不在這兒；然後，應該在洞窟裡的周造，人卻在那兒，也就是說，現在洞窟裡頭另有他人，搞不好正是山田呢？會這麼懷疑並不奇怪吧？算是猜謎，或是算數吧。」

陽一郎沒回應，周造也緊咬著唇不發一語。

黑澤於是繼續說出自己的推測：「你利用入窟獻祭的習俗來做生意，對吧？」

陽一郎家中保險箱裡那本筆記本上密密麻麻地寫滿了像是預約時程表的東西，當中出現了山田的名字，與存摺的入帳一對照，黑澤想了想，得出的結論是——陽一郎接受村外的人委託辦事。

「我並不是警察。真要說的話，應該算是對立的一方。」黑澤繼續，「我只是說出我個人的想像，想確認我猜對了還是猜錯，這樣應該人畜無傷吧。」

陽一郎兩人依舊沈默。

「這個世上，有些人很希望自己能在某段時間裡消失蹤影，好比剛犯案的人，或是想撐過追訴時效最後那段時間的人，也有人想逃離某人的手掌心，對吧？」雖然不知道山田是否出於自願，他可能也是必須暫時失蹤的人，而且一定有人不希望他站上證人席。「你們打算做一門生意，那就是協助藏匿這些人一段時間以換取金錢。不，你們已經做了一段時間了，不是嗎？」

「那和入窟獻祭有什麼關係？」陽一郎的聲音非常冰冷，乍聽之下，黑澤也不禁懷疑自己是不是猜錯了。

「只是把人藏在村子裡很容易被發現，所以必須關進洞窟裡。由於入窟期間能確保不會有人接近洞窟，又有備餐者這個角色，飲食不成問題，沒有比這更完美的藏匿處了。」

「但是，你可能已經聽說了，入窟者是透過念珠抽選出來的。」陽一郎說。

「雖然只是我的直覺，我想抽籤也是你在背地操控，不是嗎？當然，並不是每次的入窟者都是你挑的人，只有在一年一度或數年一度接到委託的時候，你才會人為介入入窟者的抽選。」

「人為介入入窟者的抽選？」

「好比說，在骰子上動手腳，之類的。」黑澤說不出自己潛入人家家裡打開保險箱的事。

「是哦，然後呢？」

「為了讓外來的委託人躲進洞窟，抽中籤的正牌入窟者勢必得讓出洞窟，對吧？也就是說，抽中的一定得是知道內情的人，入窟者必須是共犯。」黑澤說到這兒，斜眼瞄了一眼周造，「而那就是你負責的部分。」

周造已經放下木棒，一臉堅毅而溫厚的神情，靜靜站著。

黑澤腦中突然一個念頭閃過。「對了，文吉事件也脫不了干係，對嗎？當時你們也談好要藏匿某個人，但不知出了什麼差錯，那次抽中的不是周造，而是文吉。」

「凡事都免不了有差錯。」

陽一郎的聲音彷彿撼動著林中樹葉落盡的枝枒。

「是骰子出了差錯？還是座位順序出了差錯？」對於黑澤的問題，陽一郎只是笑而不答。「我猜，你們應該是想拉文吉當共犯，答應配合的文吉從祕密出口離開洞窟，卻在山中某處不慎摔死，於是為了隱瞞村民，你便將文吉的屍體搬回洞窟裡，是這樣吧？」

「那個男人，文吉，很花心。」陽一郎終於開口了，但他的遣詞與語氣之平淡，與其說他承認了黑澤的臆測，更像只是在思索著種種臆測且樂在其中，「所以我一找他談合作，他二話不說便答應了。」

「你怎麼和他談的？」

「文吉有個情婦，住在山形那邊，可是姦情被他妻子發現之後，妻子看他看得很緊，這下他就沒辦法三天兩頭往山形跑了。」

「不能亂來了。」

「我是這麼和他談的，我要他偷偷溜出洞窟，這段入窟期間就待在山形那邊和情婦玩個夠再回來。這麼一來，洞窟空了出來，文吉也不會洩漏祕密，一石二鳥。不出所料，文吉一口答應了，一想到老婆絕對料不到自己這個入窟者竟然會跑去山形，他開心不已。然而，果然是好事難成，文吉摔落懸崖死了，大概是在哪兒滑跤了吧，幸好第一個發現的是我，於是我便和周造合力將文吉的屍體抬回洞窟。」

「陽一郎，別再說了！」周造厲聲說道。

「放心，我在這兒聽到的所有事情，一走出那條碎石子路就忘光了。」黑澤揚起眉毛。

「你覺得我會相信你嗎？」周造偏著頭說道。

「我希望你能相信。」黑澤回道：「所以呢，山田現在在那座洞窟裡嗎？你們收了錢，得負責藏好他，對吧？」

陽一郎沒回答這個問題，緊抿著嘴一聲不吭。周造擔心地看了陽一郎一眼。

「讓我看一下洞窟裡面，這麼一來謎底就全部揭曉了。」

「好啊，請看吧。」陽一郎爽快地答應了，黑澤反而覺得很掃興。

14

先說結論——洞窟裡空無一人。

陽一郎與周造熟練地將石塊和樹枝拿掉，移開了那塊球形的大岩石，站在洞窟入口前方的兩人對黑澤說：「請進去確認吧。」

一股混雜汗水與泥土氣味的腥臭撲鼻而來，但映入眼簾的洞窟內部卻比想像中乾淨。黑澤彎下腰，提心吊膽地踏進洞窟。

洞窟內部出乎意料地寬闊，成人即使站直身子也不會撞到上方岩壁，寬度並不狹窄，深度將近十多公尺，而且可能由於風吹不進來，洞內很溫暖。

「你一看就知道沒半個人在了。」陽一郎叫住正打算朝深處走去的黑澤。

此刻是上午時分，明亮的陽光射進洞窟內，連盡頭的地面都照得一清二楚，當然，沒看到被綁著或倒地不起的山田。

「的確。」黑澤只能同意，「的確沒人在。」

「別再走進去比較好哦。」周造提出忠告。

「因為不想被我發現祕密出口？」

「那倒是無所謂。你看，那邊角落堆了一些石塊，對吧。搬開石堆後面有個洞，用爬的就鑽得出去，那就是祕密出口了。」沒想到周造這麼輕易便招認了。黑澤順著他指的方向一看，那處小石子堆得像座小山，不知情的人恐怕不會想到要搬開那堆石子。周造繼續說：「那個祕密出口在我們出生前就有了，大概是從前某個入窟者死命挖出來的洞吧。」

「為什麼要我別走去深處？」

「現在的儀式不一樣了，但從前可是真的拿活人來獻祭的。」陽一郎的聲音冷冷地迴響在洞窟內。

黑澤點點頭，他知道他們想說什麼。

當年被抓來活人獻祭的犧牲者的遺跡還留在洞窟深處。活著被關進洞窟的獻祭者在穴壁上以指甲抓出的痕跡、以血寫下的怨恨，甚至是存留了肉眼看不見的深刻怨念與憎恨的沉重空氣，這些一定都還存在洞窟的最深處吧，人們各種陰鬱的念頭或許早已滲入壁面浮現的溼氣裡或崩塌岩石的碎片之中。

黑澤想起剛才自己附耳在孔隙上聽見的呻吟，那是自己多心嗎？還是洞窟裡積蓄多年暗黑怨恨的波動？

一陣莫名的寒氣竄過全身，黑澤轉身走出了洞窟。

「你們兩個啊，為什麼……」來到外頭刺眼的陽光下，黑澤瞇細了眼交互望著陽一郎與周造，「為什麼要裝出感情很差的樣子？」

三十多年的時間，這兩個人扮演著敵對的角色，既不看對方，也不和對方說話，一演演了三十多年。

「不是裝的。」陽一郎只是微微垂下眼，旋即抬起頭說道。

「沒錯。我們部落這麼小，要是裝出來的，馬上就被揭穿了。」周造說道，眼神卻難掩一絲寂寞。

「不過，村人說你們三十年來沒交談過半句話，現在卻很平常地交談，不是嗎？」

「我也很好奇，」一瞬間，陽一郎的眼睛彷彿成了樹洞，整個人宛如根著地面的植物，「這關你什麼事？」

「不關我的事。」黑澤也很坦白，「只不過……」

「只不過？」

「正因為不關我的事，告訴我也無妨。你不覺得嗎？」

陽一郎的唇角緩緩揚起，彷彿上頭緊繫的絲線輕輕地鬆開。黑澤好一會兒才察覺，他是在笑嗎？

「黑澤先生，假設你剛才說的那些事都是真的好了，我試圖利用入窟獻祭的習俗不定期賺取收入，當然，那都是村子的經費，我們村子既沒有名產，農作也日漸衰微，確實很需要錢。不，正確來說應該是『我們部落』吧，我不能讓我的祖先一路守護至今、養育我長大成人的這個部落消失。」

「為什麼不能讓它消失？」

黑澤這麼一問，陽一郎不禁怔了怔。

「喔，抱歉。」黑澤連忙說：「對你們來說一定是理所當然的，請繼續。你說不能讓村子消失，所以你們便利用入窟的習俗賺取經費。只是，村子真的那麼缺錢嗎？」

「錢是永遠不嫌少的，我們部落連修繕公共設施的經費都沒有。只不過，讓這個村子得以存續，其意義遠比金錢有價值。」

「身為非法藏身處的價值嗎？」這種東西有必要嗎？黑澤皺起眉頭。

「沒有存在價值的東西，總有一天會消失的。」

「或許吧。」黑澤只是含糊應了句。

「總之，我必須繼續這件事，雖然目前的進帳只是小數目，我必須堅持下去。只不過，單靠我一個人是無法辦到的，但又不能對全村的人公開整個計畫。」

「為什麼？」

「知道內情的人愈多，消息就愈容易走漏。對吧？」陽一郎語氣強硬地說：「如果很多人都知道我們藏了人，那就失去意義了。眾所周知的藏身處，根本毫無價值可言。」

又是「價值」。看來陽一郎相當執著於小暮村的價值。

「這個計畫勢必需要共犯。我的想法是，共犯人數必須壓到最低，而且這個人必須沒有嫌疑，也就是說，這個人的共犯身分絕對不能被拆穿。所以站在我的立場，最不可能成為我的共犯的人是誰呢？」

「和你感情很差的人，對嗎？」

「沒錯。」陽一郎答道。周造深深嘆了口氣。

「只是因為這樣？」

只是因為這樣，你們兩個就超過三十年不曾在人前交談!?

「可能不止這個原因吧。」事到如今，陽一郎仍像在述說一起假設，「要統領一個共同體，光靠威權是行不通的。統治者必須忍辱負重，在眾人的厭惡、恐懼聲中引領著大家走下去。我是這麼認為的。而相對地，必須存在另一名角色以承受每一位子民的恐懼、不安與不滿。我的父親相當嚴格，祖父卻氣度十足、寬容待人，但村裡的人對雙方都有微詞；嚴厲招來屈辱，寬厚引來輕視，想要順利地統領子民，必須抓好兩邊的平衡，換句話說，最好黑臉與白臉同時存在；一方是嚴厲的人，另一方則是聽取抱怨的人。」

黑澤望著兩人，內心只覺得難以置信，未免太偏激了吧。陽一郎是發自內心地這麼認為，但黑澤總覺得有哪個點太偏激了。

「這傢伙腦袋很好，」周造幽幽地開口了，「而且他比誰都替這個村子著想。所以，為了村子好，我們放棄了。」

「放棄？」

「放棄當朋友。」

黑澤完全無法理解，再說，這種作法也不曉得究竟有沒有效果。為了村子的存續，是否真的有必要做到那種地步？何況他根本不認為有必要將友情封印三十多年、將兩人的友情當作活祭品奉獻給整個村子或部落。

「始終如一。」周造嚴峻的目光緩和了下來，「陽一郎打從孩提時代，一路走來一直在為這個村子做打算。有一天，他和我提起利用入窟習俗賺取經費的計畫。」

陽一郎提議，為了確保計畫順利進行，他們最好彼此反目成仇。

「我聽說你的情人自殺身亡，而你們倆就是從那之後不再和對方說話的。」

周造垂下了眼。眼前的他，臉上皺紋彷彿逐漸消失，肌膚恢復潤澤，瞬間回到當年那名哀悼著情人之死的十多歲少年。

「我和周造真的是從小包著尿布一起長大的摯友，這樣的兩人要是突然不相往來，只會引起村人胡亂猜測，所以我們需要一個能說服周圍村人的說詞。」

「該不會因此殺了那個女孩吧？」黑澤話聲剛落，周造粗魯地回道：「怎麼可能！」

「不是的。」陽一郎冷靜地否定了。他說，絕對不可能幹那種事，天理難容的。「不過，提議拿那件事當失和原因的人是我。面對悲痛欲絕的摯友，我只是冷血地算計布局。」他的語氣帶著自嘲。

「沒那回事！」周造話說得簡短，卻反覆低喃著：沒那回事的……

「村裡的人好像都認為，找人欺負那位女孩的元凶就是你啊，陽一郎。」

陽一郎笑了，「本來我在村裡就不太有人緣啊，只要放出那種謠言，大家馬上就信以為真。消息這種東西，反映出來的不是真實性或證據，而是接收者的需求。」

「所以，女孩被欺負的消息也是編出來的？」

「不……」陽一郎顧慮周造而遲疑著。

「那是真的。」周造吐出的這句話彷彿輕輕浮出林間，心緒宛如無形的拳頭緊握，揪成一團。

於是，黑澤在腦海中描繪著。陽一郎、周造、周造的情人，然後，還有一名現在不在此處的男子。「莫非……」黑澤說了出來，「莫非……凌辱那女孩的，是山田？」

周造頓時張開嘴。

陽一郎則是動也不動，一逕緊閉著唇。

「我沒有任何根據，只是簡單的算數。」黑澤搔了搔頭，「可能碰巧山田自己找上你們協助藏身，也可能是你們終於找到他的下落，總之，你們把山田帶來這裡了，這點是千真萬確的吧？」

事實就是，保險箱的筆記本裡記錄著山田的名字。

「假設是的話呢？」

「你們對外提供小暮村的藏身處，而會找上門的委託者，恐怕大多是生活在社會後街暗巷裡的人吧。過去曾凌辱女孩的男人，今日極有可能在暗巷中打滾，這麼一來，那個男人的行蹤或許就有機會傳到你們耳裡。」

「任君想像。」

「你們拿入窟計畫將山田騙進洞窟裡關起來，打算一報前仇，不是嗎？」黑澤甚至猜想，搞不好他們會開始經營藏身生意的動機正是復仇。

「別忘了，我可是本村有權有勢的人。」陽一郎答道。

「或許吧。」

「你知道有權勢的人才能講的一句話是什麼嗎？」

「什麼？」

「『不予置評』。」

黑澤不禁噗哧笑了出來，即使陰險的真相就在眼前若隱若現，氣氛卻頓時變得愉快。他接著望著周造說：「為什麼身為入窟者的你會在洞窟外頭？很怪耶？」

「因為……」周造苦笑，「入窟太悶了，我有時會出來放放風。」

這回答一聽就是瞎掰的，但黑澤沒再追問。

他想起在保險箱發現的某樣東西，就是那張夾在筆記本裡的泛黃照片。這張快照並不是黑白的，但褪得只剩淡淡的色彩。照片上，兩名十多歲的少年搭著肩，留著同樣的髮型，一臉幸福地露齒笑著，當然，那就是當年的陽一郎與周造吧；而眼前的兩人都老了許多，臉上也不見一絲笑意，卻和那張照片的留影非常、非常相似。

黑澤嘆了口氣，對陽一郎說：「不論這作法是對是錯，我覺得你相當了不起呢。」

「我很了不起？」或許是沒料到會被這麼稱讚，陽一郎的神情第一次暴露出內心的波動。

「沒有哪個政治人物會為了國家犧牲自己的。」黑澤想起花江曾這麼說。

陽一郎為了村子的未來，秉持一己的信念與洞察力，堅信的事情便付諸實行，甚至不惜捨棄友情與自己的人生樂趣。雖然很難定論這麼做到底是對是錯，黑澤由衷佩服陽一郎的決斷力與強烈的意志。

陽一郎有些困惑地笑著說：「我所做的事不是為了國民著想，我關心的只有這個村子、這個部落的居民罷了，沒什麼了不起的。」

「這樣啊。」黑澤說完，告別了兩人。

走回停車處的路上，只有一次，他回過頭望著那座岩壁。

岩穴前方不見村人的身影，但總覺得「快點！動作快！」、「好了！快關上吧！」聲聲興奮的吶喊在耳際縈迴，宛如地鳴般轟然作響，彷彿捲入風中，盤旋再盤旋。

15

回到仙台市區的黑澤，接連幾天四處尋找山田，但依然不見蹤影。委託人雖然失望，倒是沒有大發脾氣或找他麻煩。

過了許多天之後，黑澤才又想起小暮村的事，因為接連發生了兩件事。

一件是報紙的報導。在地方版上有一小則新聞，寫著：「在小暮村與山形縣交界的山中發現一名男性屍體」，姓名與照片都刊了出來，正是山田。報導的最後寫道：「研判男子在山中遇難。」

「原來如此。」黑澤低喃著，一邊任想像馳騁。換言之，陽一郎兩人帶黑澤進入洞窟的時候，山田的屍體早已被丟棄在山裡了吧？也就是說，他們復仇成功了？否則就是他們在那之後、在黑澤確認過洞窟中無人之後，再將山田帶回洞窟裡，是這樣嗎？

當然，也有可能一切都是巧合。山田碰巧對小暮村有興趣，在開庭前突然很想去看看那座岩壁，於是他進到山裡，卻不幸遇難身亡，這也不是不可能。

黑澤思忖著，「假使，山田不是死於山難意外，而是被陽一郎他們殺害呢？」心中另一個聲音頓時浮現：「所以呢？」那又如何？

另一件事是同一天打來的電話。

電話是東京的畫廊老闆打來的，簡直像是有通話時間限制似的，老闆話說得又急又快，聽不太清楚。

「黑澤先生，關於之前您送來給我們的木雕作品啊……」

「柿本的嗎？」

「對對對，那位柿本老師。」

「老師？」

「我想說試試看，把他的作品擺到主攻年輕客層的店面去，沒想到大受歡迎，全部賣光了，所以我們畫廊打算全面支持他。」

一時之間，黑澤啞然無語，腦海出現花江雀躍地大喊「辦到了！」的身影。

「所以呢？」頓了幾秒，黑澤對著電話說道。

Fish Story

10

Fish Story

二十多年前

「如果我的孤獨是魚，想必連鯨魚都會懾於其巨大與猙獰而逃之夭夭。」

我握著方向盤，不經意想起某本小說裡的一段文章。這本書的作者是非常早期的日本作家，晚年深居簡出，在荒屋內持續創作，文章全寫在牆上。作家於二十年前辭世，這段話便是出自他遺作的開頭部分。

而於此同時，我終於意識到汽車音響正流洩著音樂，明明是特地從唱片轉錄成卡帶放在車上，一路上卻有一搭沒一搭地聽著。

夜晚十一點，我在從老家回自己住處的路上。老家在鄰縣，離我的住處約一小時車程。我那七十歲的老父突然要我回家一趟，我以為發生了什麼事，一問之下，「鄰居送了好多蔬菜，你分一些回去吧。」父親說：「趁還新鮮，早點回來拿。」

雖然進入梅雨季，雨卻遲遲未下，位於盆地的老家非常悶熱，所以我能不回去就不回去，不過看樣子這次是推不掉了。

「這一帶房子愈蓋愈多，我看要不了多久就沒辦法種稻米了哦。」父親喜歡聊景氣復甦的話題，總是自豪地說日本人多麼優秀，才能穩站世界經濟第一大國的地位。

「何必連這種窮鄉僻壤都費心開發呢。」我回了一句，手上的叉子一邊戳著母親做的乾燒咖哩。

「城鎮愈來愈進步，哪裡不好了？」父親不以為然地說，鼻孔翕張。

「愈來愈進步，表示哪一天保守的麻煩東西就會進來了呀。」

「你老講一些難懂的話。」父親忿忿地說：「什麼保守不保守的。」

「像是禮儀呀、道德規範啊。」

「雅史，你就是這樣，開口閉口都是大道理，才結不了婚啦。」一旁母親誇張地嘆了口氣，一臉惋惜地說：「你這孩子從前不是很有正義感嗎？」

「我才沒什麼鬼正義感哩。」我完全提不起興致。

「班上要是有同學被欺負，你總是義憤填膺，不是嗎？」

「下場就是變成我被欺負吧。」

「咦？真的嗎？」母親睜圓了眼，但或許是十多年前的往事，她的臉色很快和緩了下來。

「什麼正義，那本來就是主觀的看法，打著正義的旗幟才危險呢。」

「你每次都講一些難懂的東西。」父親苦笑。

「所以才結不了婚啊。」母親又說了一次，真是沒完沒了。大概在我過了二十七歲，父母開始動不動提起結婚這檔事，幫忙找來的相親對象甚至包括鄰居友人，我一概回絕之後父母才比較收斂。不過說真的，看到周遭朋友紛紛有了家庭，再想想自己仍獨身，我倒是有種混雜驕傲與焦慮的複雜情緒。

「你啊，還在尋找理想中的女性，對吧？別做夢了。」前幾天和大學同學碰面，他興師問罪似地對我說道。他已結婚，生了一男一女，目前在小學當老師。

「我沒有啦，只是老在研究室忙到三更半夜的大學助理很難邂逅女性吧。」

「這都是藉口，一直杵在原地會有邂逅才有鬼。不管，先遇到再說。這樣吧，明天你一樣出門上班，然後向你第一個遇到的單身女性求婚！」友人帶著醉意亂出主意。

「那麼非常有可能對方會是教育大樓門口那位五十歲的管理員阿姨。」

「她還單身？」

「離婚了。」

「好，就是那個了。」

「別亂叫人家那個這個的。」我明白他是替我擔心才故意半開玩笑地亂扯，但總覺得有點煩，或許是這個原因，那句「如果我的孤獨是魚」又突地浮現腦海，我把這句話告訴了他。

我們都是文學院出身，這本書也是當年的必讀書目之一。「你說那本書呀，真懷念啊。」他的反應和我一樣。一瞬間我們彷彿回到學生時代，兩人聊起某某教授的近況、某某同學現在在哪裡高就、某對班對後來結婚、又離婚了……

聊了一陣，友人突然說：「對了，曾經有個搖滾樂團引用過那本小說的文章當歌詞喔，你有印象嗎？」

「搖滾樂團？」

「大概十年前的團吧，我們進大學之前組成的。」他說了團名，「剛好是朗・伍德加入滾石合唱團（註）那時候……，不，可能還要早一點。」

「沒印象。」我本來就沒什麼在聽音樂，「是怎樣的團？」

「很不錯的團。」

「太抽象了吧。」

「紅不起來，後來就解散了。」他笑了，「我當年可是他們的地下歌迷呢。」

「為什麼要埋在地下？」我苦笑說：「就是這樣他們才會解散的吧。」

「他們的樂風很像初期的非法利益合唱團（註一），是那種比較粗暴、低調的搖滾，

註：滾石合唱團（The Rolling Stones），一九六一成立於英國，爲搖滾史上最成功、最長壽和最突出的樂團之一，風靡六〇年代至今，全球銷量累積逾兩億張。團員歷經多次重組，靈魂人物爲主唱米克・傑格（Mike Jagger），吉他手朗・伍德（Ron Wood）於一九七六年入團。

當時剛好是國內許多樂團紛紛嘗試以日語唱出搖滾的年代，在現在應該叫龐克吧，但那時候還沒有龐克這個詞，很前衛吧。」友人滔滔地說著，聲調中有著不同於平日的高亢。

「九州那邊不是也有不少樂團還滿成氣候的嗎？」我當然一個都不認識，只是略有耳聞，但難得起了話頭，我也想加入討論。

「那也是近幾年的事，十年前日本幾乎找不到這麼前衛的樂團，後來他們出了三張唱片就解散了。」

「誰教你們這些地下樂迷都不站出來。」我居然在同情一個聽都沒聽過的樂團，「所以你剛剛說引用那本小說文章當歌詞的就是這個團？」

「喔，對對。」友人終於想起重點，「那首歌收錄在他們最後一張專輯裡，歌詞引用自小說本身就很特別了，專輯當中還有一段突如其來的空白，當年在樂迷之間造成不小的話題呢。」

「無聲嗎？」我第一個想到的就是唱片瑕疵。一旁男服務生經過，我加點了啤酒。「啤酒，是嗎？收到！馬上來！」非常有精神的回答。

「曲子不都有間奏部分嗎，他們的演奏很突然地中斷，完全沒有聲音，大概空白了一分鐘左右才又聽到音樂。」

「會不會是沒把卡帶的防錄保護片摺掉，後來不小心重複錄音蓋過原本的音樂？」

「原本錄製完成的版本就是這樣了。」

「記得好像披頭四（註二）也幹過這種事？」

「他們的確有一張專輯從第一首一路唱到最後一首，歌曲之間毫無間斷。」（註三）

「為什麼要在間奏的地方中斷？還是我們聽起來無聲，但其實那段空白錄了只有狗才聽得到的音頻？」

「那也是披頭四幹過的事。」（註）

註一：非法利益合唱團（The Velvet Underground, 1964-1973）成軍於美國，活躍於六〇至七〇年代，一九六七年推出第一張專輯《*The Velvet Underground & Nico*》奠立他們的傳奇地位，由這張專輯發展出後來的實驗搖滾（experimental rock）、後龐克（post-punk）、新浪潮（new wave）及歌德搖滾（gothic rock）等音樂類型，對當時及後世的搖滾樂影響甚劇。

註二：披頭四（The Beatles）一九六〇年成軍於英國，除了對於搖滾樂的創新，他們的服飾、風格及言論均引領潮流，影響力伸延到六〇年代的社會及文化革命方面，爲流行樂壇歷史上在商業上最成功、最受讚揚的樂團之一。

註三：這裡指的是披頭四於一九六七年發行的經典專輯《*Sgt. Pepper's Lonely Hearts Club Band*》（比伯軍曹寂寞芳心俱樂部），整張專輯的曲目首度嘗試所謂的「non-stop」銜接方式，爲後世概念專輯的先驅。

「怎麼什麼都是披頭四搶第一啊。」
「那個團的唱片封面上有一段備註，大意是『本專輯樂曲中有一段無聲空白，此乃應創作者本身的要求。』」
「是為了炒作話題嗎？」
「如果是炒作也未免太失敗了吧，這個話題只在少部分的地下樂迷之間流傳。我的直覺那是錄音過程的失誤。」友人把唇湊上啤酒杯緣，仰頭望著天花板喝乾了啤酒，「然後重錄麻煩又花錢，索性直接發片了。」
「就是作風這麼隨興才會落得解散的下場吧。」我一邊將桌上的空碟子疊成一落。
「就是這樣在居酒屋喝酒還老老實實地收拾碗盤，才會一輩子都結不了婚哦。」要你管。突然一股煩躁襲來，「去買來聽聽好了。」我說。
「我的卡帶借你吧？回家翻一翻應該找得到。」但他旋即又說：「不不，你自己去買，搞不好在唱片行會有美麗的邂逅呢。」說得跟真的一樣。
「哪會有什麼邂逅啊。」
「你這個人不是正義感很強嗎？」
「會嗎？」怎麼他也這麼說。
「是啊。所以呢，搞不好唱片行裡剛好有人偷東西，你當場逮到那傢伙，女店員會非常感謝你，兩人因此開始交往。」

「我的正義感和一般人差不多，不過倒是比常人膽小得很。」我不禁苦笑。雖然我的語氣聽起來像在開玩笑，很遺憾這是事實，我被自己的怯懦打敗太多次了。

幾天後，我趁研究室休息時間跑去唱片行買了那個樂團的唱片，封面很像一幅抽象畫，數個幾何圖案重疊組成的設計非常亮眼。

我拿著唱片來到收銀臺，只見店員直盯著這張唱片，接著露出遇到同好的燦爛微笑，眼中閃著光輝對我說：「您喜歡這個團嗎？」

「喔，嗯。」我含糊地應了一聲。沒想到還有這種方式拉近人與人的距離啊，只可惜這名店員是和我差不多年紀的男性。

我嘆了口氣轉動方向盤，從老家回我住的仙台市必須翻過兩座山峰，左彎右拐的山路上有好幾處陡坡，路燈又是有一盞沒一盞的，在夜裡行車特別辛苦。

車子大燈照著遠方，前方視野仍是一片漆黑，山中茂密的樹林看不出輪廓，只覺得

註：這裡指的是收錄於《*Sgt. Pepper's Lonely Hearts Club Band*》專輯裡的〈*Within You Without You*〉，歌曲中加入了只有狗才聽得到的音頻，披頭四希望飼主播放這張專輯時，一旁的狗兒也能豎起耳朵一同聆聽。

像是一面面黑牆夾道。

我按下汽車音響的播放鍵，卻被突然爆出來的超大音量嚇了一跳，我反射性地踩下煞車。之前大概不小心動到音量旋鈕吧。

車窗沒關，音樂宛如朝車窗外頭流洩而出，我將手伸向音量旋鈕，正打算將音量調小卻突地停了手，想想大聲放著音樂一邊開車也不賴。雖然是沒來由的臨時起意，也許是我對於種種事情累積了一些憤怒，想宣洩一下吧。

再度踏下油門，車窗外吹進的風吹拂著我。

左彎、然後是右彎，我忙著轉動方向盤，一邊聆聽音響流洩的音樂。

「如果我的孤獨是魚……」

聽到不知道第幾首的時候，這個句子突然冒了出來，友人說的就是這首，歌詞和那本小說的文章一樣。或許是他們的演奏穩重，還是因為主唱嗓音低沉，即使音量開得很大，聽起來卻不會不舒服，真是首好歌。一方面我也有點好奇，不知道他們這首歌詞的著作權是怎麼處理的。「如果我的孤獨……」我不禁跟著哼了起來。

寂靜來得很唐突，汽車音響流出的音樂戛然而止。明明只是車內大聲播放的音樂中斷，感覺卻像是四下一齊陷入沉默，或是突然啪地張開一道膜將整輛車包覆住。

我伸出左手轉了轉音量旋鈕，依然一片死寂。怪了，音響壞了嗎？這時我突然想起，這就是那段「間奏中的空白」呀，確實來得毫無預警。

透過開著的車窗，我聽見了人聲。一下子沒了音樂，風吹草動聽在耳裡顯得異常清晰。

那聲音並不大，但聽得出是女子尖細的嗓音，不像在說話，比較接近短促的慘叫。

「咦？」

我看了看照後鏡，後方沒有來車，也不見任何車頭燈的光線。我想再豎耳仔細聽聽時，音響突然傳出音樂。

依舊是超大音量，吉他的旋律響徹車內，我嚇了好大一跳，心臟劇烈地鼓動。

我緩緩踩下煞車，將車停到路肩，然後按下音響的停止鍵，整條山路只是一片靜寂。

我探出車窗朝右後方看去，不見人影，也聽不見人聲，但剛才那聲慘叫實在太鮮明，我沒辦法說服自己那只是嘈雜音樂引起的幻聽，或者是輪胎碾過路上垃圾發出的聲響，回過神時，我已經鬆開安全帶走出車外了。

風呼呼地吹，樹枝在眼前劇烈搖晃，我懾於樹林舞動的氣勢，不禁倒抽一口氣。我調勻呼吸，接著仔細環視四周。

沿路裝設了防護欄的這座小山丘懷抱著蒼鬱龐大的黑暗，彷彿某種看不清輪廓的猛獸矗立面前，雖然不見形體，那毛茸茸的巨大生物似乎正屏氣蟄伏於某處。四下一片死寂，唯有風吹動樹木發出的聲響，遠方似乎也毫無車輛正在行駛的跡象。

那聲慘叫究竟是什麼？我望著車後方，緩緩地沿著來時路的車痕踏出步子，我想往回走到方才聽見叫聲的地點。

「要是真有人發出了慘叫，當然不能置之不理。」我內心那與常人差不多程度的正義感正喃喃低語著。

彎過了彎道，依然不見任何異樣，我想還是回頭好了，於是腦中開始浮現到家後該辦的事——先換衣服洗個澡，喝罐啤酒，上床睡覺，天一亮便出門上班。這麼一想，不禁覺得悠哉地走在夜裡的山路根本是浪費時間，真蠢，回家吧。就在這時，眼前出現了一輛轎車。

對面車道有一塊供裝卸輪胎雪鏈使用的小空地，上頭停了一輛黑色轎車，車燈沒開，難怪之前經過的時候沒注意到。

剛剛應該就是在這附近傳來慘叫聲吧，我邊想邊穿越寬闊的車道朝那輛車跑去。

車上沒人，副駕駛座上有一個小小的女用皮包，後座則放了個男用的皮革提包，車沒上鎖。我抬眼張望遠處。

這時，又傳來一聲慘叫。

聲音非常短促，有點像鳥鳴，也像是飲料罐滾落地面發出的聲響。果然有人。我彷彿嗅著氣味前進的狗兒找出了聲音的方位，接著翻過路邊防護欄，走進林間動物踏出的小徑。林子裡伸手不見五指，前方也是一片漆黑，即使眼睛慢慢習慣了黑暗，我每踏出一步仍是提心吊膽的，不知會不會撞上樹幹。

慘叫聲再度響起，同時，我發現離我幾公尺的不遠處有人，我瞇細了眼死命盯著前方。

隱約中似乎看到有人在地上沙沙沙地蠕動爬行，接著輪廓慢慢浮現，我的心跳也逐漸加快。

「怎麼了嗎？」

看不清楚那個倒在地上的人影到底長什麼樣子，有點像是長著好幾對腳的蜘蛛，我也不確定那到底是不是人，感覺好像有微溫的呼吸與急促的鼻息，空氣中飄蕩著冶豔的氣味，我甚至懷疑自己是不是誤把折斷的樹幹看成人影了。

「救救我！」

我反射性地「啊」了一聲，接著很蠢地回道：「啊，好。」這一瞬間，我明白倒在眼前的這團黑影是怎麼一回事了，那是交纏的兩個人，男子正緊緊壓在仰躺的女子身上，難怪看起來像是長了多隻手臂。

女人被強暴了。我的腦袋能夠理解現在的狀況，身體卻僵在原地無法動彈。雲似乎散了，月亮露出臉，照亮了倒在地上的女人。

看到她痛苦神情的下一瞬間，我一把拿起腳邊的樹枝，顫抖著聲音說：「你在幹什麼！」

我完全不知道壓在女人身上的男人是什麼來頭，也不清楚他的臂力是強是弱，我心裡只有一個念頭——這兩個人怎麼看都不像是你情我願的親密關係，我沒辦法置之不理。頭頂上風吹動杉樹樹葉發出的沙沙低語令人心浮氣躁，根本是在鬆動我的正義感。

「你哪位啊！」男子忿忿地轉過頭來，我舉起手中的樹枝揮下。

現在

「如果我的勇氣是魚，反射著陽光的河面都會由於其巨大與朝氣而更加耀眼吧。」

劫機發生的十分鐘前，我正翻著手上的文庫本讀著這段文字。出門時我擅自從父親書房抓了這本書帶在身上，之前只聽過作者的名字，讀完書末解說才知道這位作家是個晚年在荒屋度過的奇人。

「妳喜歡這個作家嗎？」鄰座的人開口了，我沒意識到對方是在問我，一時沒反應過來。

我坐在經濟艙中央四人座最左側的位置，出聲的是右鄰的男子。

我抬頭一看，男子體格健壯，頭髮束在腦後。「不好意思，嚇到妳了。」他嘴唇很薄，細細的眼睛眼角有笑紋，給人感覺很穩重，高鼻粱，輪廓深，坐著也高出我一個頭，男子望著我說：「因為我也很喜歡那本書。」

「喔，」我將書封亮在他面前，「我倒是沒特別感覺。」

我第一時間浮上的是戒心，暗自瞎猜著對方該不是想在旅途的飛機上隨便搭訕鄰座女子吧。我一方面覺得未免太高估自己，一方面也繃緊了神經，腦海浮現在東京等我回去的男友以及他說過的話——「麻美妳啊，會吸引男人靠近哦。要是有男人接近，拜託妳態度冷淡一點吧，男人只要女人對他親切一點就以為對方對自己有意思的。」

或許是我的戒心寫在臉上，男子有些落寞地撇著嘴。

「呃，因為……還要幾個小時才到東京，我想說聊一下應該無妨……」男子張開雙手比了個聲明自己人畜無害的手勢。

我低下頭，這下反而是我不知該怎麼回應，雖然有些歉疚，但向他道歉也很怪。

沉默持續。嗶的一聲，繫安全帶的指示燈亮了，機長的廣播響起，大意是「目前氣流不穩定，機身有些許搖晃，但不會有問題。」聽不出來是想安撫還是警告乘客。

我摸了摸原本就繫著的安全帶，一時之間很猶豫該不該繼續讀手上的文庫本，最後決定了，「您這趟是旅行嗎？」我問右座的男子。

「嗯，是的，玩回來了。」男子的語氣非常客氣，「有個朋友住在島上，我去他那邊悠閒地玩了一星期。」

這架飛機是從滿是日本人的南方度假勝地飛往成田，因此機上九成的乘客都是跟團、家族旅行、夫妻或情侶檔，像我和鄰座男子這種隻身搭機的反而是少數。禮貌上我也得說明我的狀況：「我是去出差。」

「去那個島上？」

「不是，是隔壁的國家，」我說了國名，「我去參加電腦工程師研討會。」

「工程師研討會？」

我告訴他，我的工作是建構一些企業大型系統的防衛機制。

「『防衛機制』是什麼？」

「現在不是有很多案例嗎？好比電腦遭到駭客入侵或是感染病毒，我的工作就是建構預防這些侵害的防禦系統。」

「這方面的研討會辦在東南亞？」

「嗯，為了交流最新的技術與情報，好像每年都會舉辦。我也是今年第一次被公司派去參加。」

「網際網路果然很國際化呢。」男子大感佩服。「一點也沒錯。」我說。這並不是誇大其辭或說漂亮話，程式與網路的建構技術早已遍及各行各業，許多通則都是不分國籍的，不過換句話說，這也代表了不無可能發生席捲全世界的重大網路災害。

「覺得這份工作有意義嗎？」

「嗯……還好。」我苦笑著回答，男子卻彷彿看穿我的心思說：「真的嗎？」

「沒有啦。」我微笑了，「說真的，我很怕生，英語也不好，一緊張腦袋馬上一片空白。」想到收假上班就必須向公司同事提出出差報告，我不禁憂鬱了起來。

「為什麼要特地跑去那座島上轉搭這班飛機呢？不是有直飛的航班嗎？」

「其實我下個月要結婚了，婚禮就在那座島上的教堂舉行，剛好趁這次出差先去看一下狀況。」

「啊，要結婚了嗎？真是恭喜了！」男子的反應非常自然，既無掩飾也不做作，看來他真的不是想搭訕，讓我鬆了口氣。

他說他叫瀨川，在高中當老師，今年任教剛滿第二年。沒想到他年紀比我小，我上下打量了一番，確實對方從體格上來看是個健壯的成人，但臉上仍帶了幾分稚氣。

「這個暑假沒什麼計畫，又不想開學後被學生取笑自己一事無成，想想去島上渡個假也不錯。」他笑著說話的神情毫無為人師表的威嚴，反而是一派悠哉，我想他在學校裡一定很受學生歡迎。

「請問你教的是什麼科目呢？」是體育嗎？——我補了一句，於是他又笑瞇了眼說：「我看起來很壯，對吧？常有人誤會我是教體育的。」他開朗地說：「但其實我是教數學的。」

「數學嗎？」我一邊思考著接下來該怎麼繼續這個話題，他卻先開口了：「我可以講一個笑話嗎？」

「笑話？」

「我很少和別人提起這件事，不過我的人生可是相當無趣而可笑哦。」

「不會啦。」快別這麼說。——我反射性地替他說話。

「其實啊……」他的神情變得柔和，猜不出他想說什麼。「我曾經想當正義使者。」

「正義使者？」

「呵，聽到真的會嚇一跳吧。」

我的確嚇了一跳，只不過聽他的語氣不是很開心，一臉難為情的神色也不像是在開玩笑。「我父母是這麼教育我長大成人的。」

「想把你拉拔成正義使者？」

「很怪吧，我自己都覺得可笑。」

「你父母對你的期待也太大了吧。」雖然這樣的反應可能有些失禮，我還是笑了出來。

「真的太大了。」他仍皺著眉，「妳知道中島敦的小說《弟子》嗎？」

「主角成了老虎那本？」我其實只有隱約的印象，他一聽便笑著說可惜差一點就答對了，「那本書上寫了這麼一段話。」他說：「有一個很大的疑問，那就是為什麼現實中正不勝邪的例子屢見不鮮？雖說『惡有惡報』，但說穿了，這和『人類終將滅亡』一樣不過是一般論罷了，近來幾乎都沒聽說好人得到善終的例子，不是嗎？」（註）

「那本書裡寫了這些？」

「我只是簡述，不過內容大致是這樣。」明明是他自己先提起的，但他臉上卻難掩

註：中島敦，一九〇九～一九四二，日本小說家，出身漢學世家，小說內容絕大部分取材自中國古典作品。然而患有氣喘病的他命運坎坷，短短三十三年的一生在「膽怯的自尊心」與「自大的羞恥感」中掙扎，留下不到二十篇的古典傑作多爲短篇小說。代表作《弟子》描述孔子與門生子路如何求取仁義並面對他們各自的命運；另一篇知名作品《山月記》描述詩人李徵在自尊心與自卑心不斷交相衝突的矛盾下化身爲虎的過程及其因果。

難為情與後悔，「那本書是父親給我的，我讀過之後就一直很在意。」

「在意那段文章？」

「那篇小說的背景是在孔子時代，在那麼古老的過去就出現了『為什麼惡道橫行，正不勝邪呢？』如此的感嘆，妳不覺得很嚇人嗎？正義從古代便無法得到伸張，實在是太荒謬而令人不甘心了啊。」瀨川先生與其說是望著我，更像是對著活在遙遠遙遠另一個時代的某個人投以同情的視線。或許因為如此，感覺眼前的他一下子老成了許多。

「你父親正義感很強嗎？」

「也不是這麼說。」他噗哧笑了，「我父親很普通，一般人該有的常識都有，只不過聽說他和我母親相遇的契機就是由於我父親的正義感。」

「哇！」

「我母親差點遇害時，我父親挺身相救。可是啊，就算有過這段過去，也不能因此決定將兒子教育成正義使者吧。」

「就是說啊。」我應和著，「不過你父母希望你成為正義使者，而非足球選手或律師，這個目標太籠統了吧？」

「一般我們提到正義使者，心裡浮現的都是律師、警官或消防員之類的職業，對吧？但我父親不大一樣。」他有氣無力地自嘲說：「他的觀念是，重要的不是從事哪一行或是什麼頭銜，而是自己做好準備了沒。」

「準備？」

「強健的身體與堅定的心，這就是我父親認為必須做好的準備。」瀨川先生好像覺得非常丟臉，看他這副神情，我笑說這下你的心不是猶疑了嗎？他一聽才終於展開笑顏說道：「說的也是。」

「再說我也不知道到底正義是什麼。」瀨川先生說。

「是呀，而且常常對方所持的正義在我方看來卻是邪惡。」

「所有的紛爭都是因正義而起啊。」

女空服員經過我身旁的走道，拿著雜誌朝向我，露出「需要嗎？」的表情。平常我在飛機上一定會拿報章雜誌來看，這次先不了，我想跟隔壁的男子繼續聊。「話說回來瀨川先生你的體格真的很壯。」

「我從小練肌肉練到大的。」他苦笑著拍了拍自己粗壯的二頭肌，「伏地挺身、仰臥起坐，還送我去學格鬥技、柔道、劍道、自由搏擊、防身術。」

「真的假的？」實在很難置信，我只覺得這些訓練全是搞錯方向的斯巴達教育。

「不知道是從小接受鍛鍊的關係還是我本來就適合走這條路，多虧了這些訓練，我的格鬥技還滿強的，打架從沒輸過。」他又笑開了，聽不出他這話有幾分認真。

「念書方面呢？」

「那倒是該念的都念了。」他揚起單邊眉毛，「但與其說是求學問，更接近禪修。」

「禪修？」

「鍛鍊自己的心境宛如平穩蕩漾的河川流動，既無窒礙，也無洶湧氾濫。」

「練成了嗎？」

「妳說呢？」瀨川先生露出如河水潺潺流過的平靜微笑。

「你不曾懷疑為什麼自己要接受這些訓練嗎？都沒有抗拒或反彈？」

我的好奇心不斷湧現，愈來愈想聽他說下去，聊到後來我逐漸有種感覺，或許他就是為了像這樣殺時間才會突然冒出這麼離奇的話題。

「一開始當然會抗拒，那時候年紀小，時常鬧彆扭發脾氣，不過啊，的確身體強壯之後也有了自信，那種感覺很不錯；一方面我也很開心能夠達成父親的期望，再說禪修也磨掉我的反抗心了。」

「那是洗腦吧。」

他咧嘴露出燦爛的笑容點點頭說：「一線之隔嘍。」但他的語氣裡卻沒有任何後悔或怨恨，我只覺得他的眼神似乎多了一點嚴肅，這時，「正義是非常危險的一個詞。」

他又開口了，「後來我就成了數學老師。」

「你父親很失望嗎？」

「不會呀，」他瞇細了原本就細長的眼睛，「正義使者又不是職業或頭銜，再者當老師也不錯。」

機內廣播鈴聲再度響起，繫安全帶的指示燈熄滅，不知何時，機身的搖晃已經停下來了，緊接著傳來機長的廣播：「雖然機身已停止搖晃，請大家仍要繫好安全帶哦。」聽不出來是在威脅還是請求乘客。

我再次望向鄰座自信滿滿而不慌不忙的瀨川先生，他的體格這麼好，又精於格鬥技，一定深受學生喜愛。

「啊，不好意思，我想去一下洗手間。」瀨川先生站了起來，我也起身讓路，只見他沿著走道往前艙方向移動，消失在洗手間的門後。

「很有意思的年輕人呢。」右方突然有人對我說話，我連忙轉頭看去，隔著空位開口的是瀨川先生右鄰的男士，面容瘦削的他一頭稀疏白髮，正對著我微笑，「不好意思，我聽到你們剛才的對話了。」

這時男士右鄰的女士也探出頭來，「我們雖然上了年紀，耳朵還是很靈敏的哦。」

對方爽朗的語氣很直率，我也坦白地回道：「對呀，那人真的很有趣。」

我說：「請問，兩位這趟是夫妻旅行嗎？」

「是呀，我們存了一點錢，想來一趟旅行當成這輩子的回憶。」老太太的嗓音清澈，話語清晰地傳進我耳裡。

「雖然是幹壞事賺來的髒錢啦。」笑著這麼說的老先生不知道是不是在開玩笑。

「我和這個人結婚五十年了，這還是我們第一次出國玩呢。」

「五十年!?」聽到這驚人的漫長歲月，我大受感動。

「很了不起吧，跟著一個男人五十年，真不知道是修行還是懲罰喲。」

老先生似乎對老太太的話充耳不聞，笑著說：「這樣到處走走人生才充實呀。」臉上的皺紋又更深了。

「好羨慕喔，夫妻倆前往小島旅行感覺好優雅。」

「優雅嗎……？嗯，還不錯啦。」

「認真踏實活了大半輩子，就當作給自己的獎賞嘍。」老先生說。

「不過……兩位剛才聽了瀨川先生那番話，覺得如何？」我壓低了聲音說道。我一邊眺望前方的洗手間，確認瀨川先生還沒出來，一邊將身子往老夫婦靠過去。雖然前座的人應該都聽到我們的對話，但不管了。

「正義使者很不錯呀。」老先生似乎很愉快，身旁的老太太也接著說：「年輕人很不錯啊。」

「可是也不知道是真是假，我是半信半疑啦。」

「妳長得這麼可愛，男孩子應該很容易被妳吸引，忍不住跑來自賣自誇哦。」老太太露齒微笑，「反正男人嘛，老愛誇耀自己多厲害又多厲害。」

「真的耶！」我聽了猛點頭。連我這種很少機會結識男性的人，也曾遇過幾名男子向我示好，而正如老太太所言，「我開的是高級車。」、「我高中是足球校隊的，曾經打進全日本高中足球選手權大賽。」、「我絕不容許色狼的存在。」男人通常會高聲強調自己的長處，然而事實卻完全不是那麼回事。每當牛皮被戳破，他們就會說：「因為拓展事業而把那輛車賣了。」、「我們高中是足球名校，所以想成為替補球員都很難。」、「為了揪出色狼而惹上一身麻煩太蠢了。」我很訝異他們居然口口聲聲都是些曖昧不明的藉口。

「瀨川先生感覺不像那種男人。」

「想當正義使者，口氣不小哦。」老先生笑了。

「看他體格是真的很不錯啦。」

我端正坐姿，再次望向洗手間，瀨川先生還沒出來，大概需要一點時間吧，他父親教育他成為正義使者，卻沒教他如何對付便秘嗎？

事情發生時，一開始我還以為是鬧著玩的，我想機內所有乘客及空服員一定也是同樣的想法。

前方傳來尖叫，我抬頭一看，在左邊走道前方數公尺，最靠近商務艙的第一排座位有一名長髮男子站了起來，只見他強拉起鄰座女子架在身前。

我登時傻住，轉頭看向右邊，老夫婦也愣愣地張大了嘴。

「別輕舉妄動！」這次喊聲是從右前方傳出。

我嚇得全身發抖，附近的乘客也止不住顫抖。

經濟艙內的座椅除了我們所坐的中央四人座，左右兩側隔著走道就是靠窗座位。站在右邊走道前方的男子理了個接近平頭的短髮，手上握著的東西好像是手槍。

看到分別站在左右走道前方的這兩名男子，我嚇得一句話也說不出來。「這是在鬧著玩的吧……」不知哪名乘客脫口而出，只見右邊的持槍男子大聲說：「誰跟你鬧著玩的了。」接著也不知道哪裡好笑，男子兀自大笑了起來，「各位，聽清楚了，我們是認真的，槍下不留情哦。」

短髮男朝站在左邊走道的長髮男努了努下巴說：「可以開槍吧？」挾持女乘客的長髮男回他：「嗯，當然要開槍。」

兩名男子看上去年紀比我大很多，大概三十七、八，面無表情的臉上毫無血色，宛如死氣沉沉的幽靈。

「請等一下，這位先生，」空服員從商務艙衝了過來，「您在做什麼！」請坐回您的座位！——空服員的語氣彷彿老師在教訓學生，而看她的氣質，應該也確實是資深空服員。短髮男一回頭，槍口立即瞄準空服員，空服員僵在原地問道：「您怎麼會有槍……」

「我說啊，那座島的機場只要從公務門出口逆向登機就不必檢查行李了，你們還是注意一下比較好哦。」男子似乎很樂。

這時，一名乘客大聲喊道：「你們到底想幹什麼！」我伸長了脖子朝話聲方向看去，開口的是坐在右側靠窗座位最前端的一名男士，一身西裝，肩膀很寬，頂著山本頭感覺很有威嚴。從我這邊只看得到男士的後腦杓，他仍坐在座位上，好像正伸出手指著劫機者。

我不禁倒抽一口氣，還沒來得及佩服這名男士的氣魄，只是顫抖著心想完蛋了，這人怎麼不乖乖聽他們的話！

「問得好！我都快愛上你了。」短髮男這句話不知道有幾分認真，只見他咧嘴一笑說：「至於我們到底想幹什麼呀……」他右手手槍的槍口突地轉向座位區，所有乘客同時縮起脖子屏住呼吸，我也打了個冷顫。「我們什麼都不幹喲。」

「沒錯，」挾持女子的長髮男也開口了，「我們什麼都不想幹，活著太累了，所以決定不要活了，什麼都不做，只是看在機會難得，就帶大家一起死吧。」

「對，要死一起死。」

「太自私了吧，你們想死自己死個痛快不就好了！」剛才那位態度強硬的男士又開口了。

「我們很痛快呀，所以我們想在這架飛機裡玩個痛快，這個女的也要抓來抱個痛快！」長髮男說完把鼻子湊上女子的頸子磨蹭著，又說：「你想想，只有我們幾個靜悄悄地死掉多不甘心呀。」

「放開她！」山本頭男士站起來指著長髮男。

槍聲響起。

乍聽很像是飛機引擎還是噴射推進時發出的聲響，好幾個人放聲尖叫。

只見山本頭男發出呻吟，按住膝蓋倒回座位上。

「你看，會痛吧？」短髮男的眉頭垂成八字形，一臉同情地說：「逞什麼英雄呢？我可不是隨便嚇唬你們，我說會開槍就會開，對吧。雖然我是不想開槍啦，沒辦法，是你逼我的。」

吧。

男士被擊中腳痛到昏過去，鄰座的女士鐵青著臉上前攙住他，應該是同行的家人

「這下傷腦筋了。」我身旁的老先生對著我說道，但我訝異的是，他的神情看起來一點也不傷腦筋。

「這下人生又更充實了呀。」老太太仍望著前方，低聲說道。

我很想嘆氣，這不叫充實吧，可是這對老夫婦並不像在說笑，也不像是嚇到神智不清而胡言亂語。

「喂！老太婆，在那兒嘀咕什麼！」短髮男耳朵很尖，槍口一轉指著老太太大踏步走了過來。

「沒有啊，我只是很害怕。」老太太拚命搖頭一邊縮起身子，總覺得有些作戲的味道，但短髮男好像相信了，笑著說：「放心吧，老太婆，反正馬上就會死了，沒什麼好怕的。」

這麼近看著短髮男，我還是看不出他的年齡，能確定的是他已經有了中年體態，但整個人感覺卻很孩子氣，眼神空洞，大概是因為精神狀態不穩吧。他轉身回到走道前方。

「各位，請放心。」左邊走道挾持女子的長髮男高聲說：「只要你們乖乖聽話，我

們呢……」男子頓了頓，視線掃過全部乘客之後繼續說：「會好好地照顧每一個人直到大家一起上西天。」他放聲大笑，「而且我們會一視同仁，不管你是坐在頭等艙還是商務艙，人人平等哦。」

「放心吧，那邊也有我們的同伴。」短髮男伸出拇指比了比身後通往商務艙的隔簾。

他說的應該是真的，雖然隔著簾子看不見商務艙的狀況，但從前艙傳來的尖叫聲證實了他的話，也就是說，劫機者不止這兩名。

毫無目的的劫機啊。——我不禁恍惚地想著，回過神時，發現我正緊緊握著膝上的文庫本。

「如果我的勇氣是魚，反射著陽光的河面都會由於其巨大與朝氣而更加耀眼吧。」

這句話掠過腦海。

我的勇氣……我試著在內心低吟出聲，眼前浮現人在東京的男友。我真的不想死！我知道這麼做很屈辱，但我好想求他們不要殺我。

就在這個時候，瀨川先生現身了。

洗手間位在劫機者背後，瀨川先生龐大的身軀緩緩地從洗手間門後探出來，我眨著眼，心中暗呼他怎麼好死不死挑這節骨眼出來，而一切竟真的發生在眨眼之間。

瀨川先生首先挨近持槍的短髮男身後，一把將短髮男的右手扭到背後，男子猛地回頭，瀨川先生朝他的下巴一拳揮去。左邊走道的長髮男立刻將槍口指向瀨川先生，同時躲在挾持的女子身後大聲罵了些什麼，但我聽不清楚，只見瀨川先生毫不遲疑地越過中央四人座。

他的身子宛如飛過空中。

那麼壯碩的身軀，為什麼能夠如此輕盈呢？我幾乎不敢相信眼前的景象，瀨川先生首先踏上四人座最右側座椅的扶手，接著手撐上椅背，如跨欄選手般柔軟地彎曲上半身，輕靈地飛越座上乘客的頭頂，橫越狹小的空間穩穩地落在左邊走道上。

長髮男慌忙將槍口轉向，瀨川先生卻早了他一步，右腿像是柔軟的飛鞭閃過被挾持的女子朝她身後的劫機者掃去，長髮男被踢中太陽穴倒地，女子雙膝一軟跪下，長髮男正想站起來，瀨川先生躍過女子伸出手掌迅速砍向男子的下巴。

瀨川先生！——我差點放聲大喊，只見他將手指貼上唇邊示意大家別出聲，在場的每個人都直勾勾地盯著他，一方面驚訝於這名巨漢不知是何方神聖，一方面也聽話地保持靜默。

「拿什麼把這兩人綁起來吧。」瀨川先生悄聲交代一旁的乘客，接著走回我們座位旁，苦笑著說：「嚇了我一跳，我一走出洗手間，沒想到發生了這種事。」你根本沒被嚇到吧，我很想這麼吐他槽，他又開口了：「他們好像還有同夥。」瀨川先生的食指又附到唇上，望向商務艙說：「我去處理一下就回來。」

我不知道該說什麼，只能一個勁地點頭。

「沒想到還真有派上用場的一天啊。」瀨川先生縮了縮肩膀，表情確實有愕然，眼角卻帶著笑意。

右鄰的老夫婦比出鼓掌叫好的手勢，鬧著玩地悄聲喊了他：「呦！正義使者！」

「嗯，我去去就回。」瀨川先生轉身朝前艙走去。

謝……謝謝你。——我啞著嗓子向他道謝。

瀨川先生轉頭對我露齒一笑，「要謝就謝我父親吧。」

或許是為了壓低腳步聲，只見他緩緩踏出步子，如同訓練有素的軍人般穩健且毫不莽撞，沒多久身影便消失在走道前方通往商務艙的隔簾後方。

「啊——得救了！」老太太往椅背一靠，我正想對她說還沒確定全擺平了呢，這時右鄰的老先生開口了：「有他在就沒問題了吧。」老先生瞇細了眼望著我，於是我也接口道：「嗯，說的也是。」老夫婦說的一點也沒錯，因為在劫機者計畫犯案的老早老早之前，瀨川先生早已做好所有準備了。

三十多年前

「我沒辦法跟那種大少爺似的製作人合作啦！」亮二語氣粗暴地說。夜間十點，我們一行四人離開錄音室，漫步在高架橋下骯髒的步道上朝車站方向移動。

「那傢伙根本聽不懂我們的音樂！再說我最討厭重疊錄音了，搖滾樂的錄音就應該一次定生死，混什麼音啊！」

「唱片重要的是完成度，谷先生自有他的考量吧。」我畢竟是四人當中最年長的，而且身為團長，只能盡量安撫大家。

「哼，本來就不需要什麼製作人嘛！繁樹，你說呢？」亮二充血的眼睛盯著我。

「可是啊，唉，我們自己製作的唱片一張也賣不出去，岡崎先生也是希望能做一些調整才會找谷先生來呀。」我對於說著這種優等生標準回答的自己感到厭惡不已，「而且一定要有優秀的製作人才有優秀的專輯吧。」這句話也是說給自己聽的。

「繁樹……」走在我身邊的五郎吞吞吐吐地開口了，「這次專輯的編曲由谷先生操刀就賣得起來嗎？」

「不知道。」我的回答很粗魯，但我說的是事實，「岡崎先生是說沒問題。」

「岡崎先生是好人，又是我們的恩人，聽的音樂也是和我們同一掛，」五郎神情僵硬地吐出無情的話語：「但他看中的團都沒紅起來啊。」

「是沒錯……」這我也承認。

一旁的鐵夫也囁嚅著說：「那倒是……」

在小酒館發掘我們這個業餘樂團，說要讓我們在主流唱片公司正式出道的就是岡崎先生，他很有架勢，又是性情中人，總能以滿腔熱情打動他人，但他負責的樂團卻全軍覆沒，他之前待的經紀公司對他的評價也很保留。

岡崎先生第一次來找我們談的時候，一遞上名片便嘆了口氣說：「披頭四解散了，非法利益又愈走愈偏，搖滾樂界的未來不知道會變怎樣啊……」接著又叨叨絮絮地抱怨都買不到傑克．克里斯賓（註一）的唱片。

一聽到這，我們四個頓時興奮不已，因為傑克正是我們非常敬愛的音樂人，他的知名度比不上披頭四或巴布．狄倫（註二），我們只能一手拿著英和辭典一邊翻閱國外的音樂雜誌查資料，想盡辦法蒐集他的進口唱片，入手後珍惜地反覆聆聽，所以能從岡崎先生口中聽到他的名字，實在太令人感動了。

「華麗搖滾（註三）又不對我的胃口，反而是你們的音樂聽起來很新鮮，只是要讓大眾接受可能需要一點時間吧。」岡崎先生說：「所以眼光放長遠一點，你們要不要考慮走職業樂團？」

「岡崎先生也太敷衍了吧！」亮二忿忿地繼續說：「說什麼我們的音樂錯不了，卻找了谷先生那種傢伙來，這不是等於否定我們一直以來的音樂嗎！」

「別氣了。」我不知道還能說什麼，沉默了下來。

只不過，我相信亮二也都看在眼裡。岡崎先生為了經營我們這個樂團，辭去工作全心當我們的經紀人，由於收入不穩定，還得一邊在餐飲店打工賺生活費，這樣的他絕對不是一個敷衍了事的老闆。

這次專輯預計收錄十首歌，錄完了九首，剩下的一首只要我歌詞寫好就能進錄音室了，眼看專輯完成在即。

註一：傑克·克里斯賓（Jack Crispin，生卒年不詳）爲伊坂作品中數度登場的虛構音樂人。

註二：巴布·狄倫（Bob Dylan, 1941-），美國歌手、詩人、作曲家，在六〇年代的動盪時期首開先河唱政治抗議歌曲，把流行音樂轉化爲一首首揭示社會眞實面的寓言詩，甚至被冠上「抗議歌手」的稱號，影響當代文化甚劇。

註三：華麗搖滾（glam rock）興盛於七〇年代的英國，是硬搖滾（hard rock）曲風的分支，特色是樂手雌雄莫辨的華麗裝扮以及樂曲中頹廢慵懶的氣質，代表人物爲樂壇變色龍大衛·鮑伊（Davie Bowie）以及羅西音樂團（Roxy Music），尤其重視樂手自身的舞臺魅力。

「總之明天還是要來錄音喔。」快到車站時，我對最早離開的亮二說。看著他嘖了一聲轉身離去的背影，他揹著吉他箱的肩膀似乎小了一號。

我們三人繼續朝車站前進，走了一會兒，五郎開口了：「繁樹，我們可能到此為止了。」

「什麼到此為止？」

揹著貝斯的我停下腳步，邊走邊拿鼓棒在空中點擊的鐵夫也同時停了下來。

電線桿上架設的路燈在我頭頂上方發出滋滋的聲響，我迎面看著神色凝重的五郎，月亮在他身後遙遠的天上。

「我們團應該到此為止了。」

我當然知道我們樂團眼下的狀況，本來我們就不是在萬眾期待之下出道，國內的搖滾樂圈仍深受披頭四與滾石影響，然而大眾市場開始流行絢麗奪目的華麗搖滾以及注重悠揚動聽旋律的民謠，在這樣的環境下，我們樂團激烈吵雜的音樂只有被冷落的份，雖然還是有聽眾前來 live house 捧場，客層卻不見擴展的跡象。

「前幾天，我聽到了。」五郎緩緩地開口，他說他本來想等這張專輯全部錄完之後再說，但忍不住了。

「聽到什麼？」

「我聽到唱片公司的人和岡崎先生起爭執，雖然都是對方一味地指責。」

我早知道唱片公司一直認為紅不起來的我們是累贅，所以我雖然問了五郎「對方說了什麼？」想也知道答案。鐵夫應該也心裡有數，悄聲問他：「他們要岡崎先生和我們解約？」

五郎垂下眉點了點頭，「對方叫岡崎先生盡快解約，還說不能繼續花錢在沒有才華的傢伙上頭。」

「沒有才華的傢伙……」鐵夫喃喃說著指了指自己，接著指向我。

「岡崎先生怎麼說？」

「他說『做完這一張就好。』」五郎嘆了長長的一口氣，再緩緩吸氣，「岡崎先生已經盡力了。」

「最後一張專輯啊……」鐵夫低喃著。

聽了這番話，我發現自己其實沒有受到太大打擊，或許是早有覺悟吧。「不過要是這張專輯賣起來，說不定唱片公司也會改變心意呢？」

「繁樹你應該最清楚啊，」五郎咧嘴笑了，「下一張也不會賣的。」

也對。——我一句話到嘴邊又吞回去。這次錄製的每一首歌都和我們一貫的曲風相去不遠，當然比起剛出道時進步了許多，樂曲營造的氛圍也更深刻，我們自認交出了相當不錯的作品，但沒有任何道理或根據能保證「一直紅不起來的團這次的專輯肯定大賣」。

「沒有人了解我們的音樂啦。」五郎語帶自嘲地說：「而且最要命的是，我們太麻煩了。」

「麻煩？」

「因為我們深信自己的音樂是正確的。」

「一語中的哦。」我說。

「就算有了谷先生操刀搞不好會大賣，我們也敬謝不敏呀。」

我無話可說。

「如果我的挫折是魚，無論河川或大海都會由於其悲痛與滑稽而不再提供棲身之處吧。」

隔天，我在電車上讀到這段文章。我將吉他箱靠在車門旁，倚著它翻開書。車內很空，但我不想坐下，電車有節奏地輕微搖晃，我的身體感受著透過車門傳來的震動。

這本書大概兩年前買來就一直塞在書架上，剛才出門時偶然看到便扔進包包裡。剛翻開的時候，視線一直在文字上繞來繞去，讀不進腦袋裡，後來才漸漸被內容吸引。雖然有些受不了接二連三出現矯情的感嘆，小說中個性純樸木訥的主角逞強地說著：「世界並沒有拋棄我！」那日漸成長的身影卻吸引了我，回過神時，我已經拿出筆記本記下書中文句。

一到錄音室，岡崎先生一如往常睡在黑沙發上，只見他一邊抬眼看著我道早安，一邊緩緩起身。

我想起昨晚五郎那番話，就是關於唱片公司和岡崎先生的爭執，我連忙甩了甩頭。

「五郎還沒到嗎？」我問。

我在音控室這頭張望裡面的錄音間，只看到亮二和鐵夫。

「還沒。老樣子嘍。」岡崎先生看了看時鐘。

「嗳，繁樹，歌詞不改了吧。」這時，面對著錄音設備的製作人谷先生轉過頭看著我，他身後坐著一名神色陰鬱的工程師正在調音。

谷先生留著劉海，生來一張彷彿依然歌詠著學生時代的娃娃臉，實際年齡卻大我們一輪，我還滿想問他你這一輪的歲月都在幹些什麼。

「到這個階段再改歌詞還得了。」他說。

最後這首歌的歌詞我自己一直不是很滿意，我堅持改到無法再改為止。

「不，我還是想改一下。」

「不會吧。」谷先生一臉不悅。

我拿出插在牛仔褲後口袋的文庫本，翻開書說：「岡崎先生，我想唱這本書的文章。」

「書的文章？」

「我靈機一動想到的。如果小說的文章不是以朗讀的方式，而是配上旋律用唱的，我覺得應該很有意思。」我告訴他我在電車上想到的點子。

「這樣啊……」岡崎先生將文庫本拿到手上。

「嗯，這是我整理文章之後寫下來的歌詞。」我把在電車上隨手寫在筆記本上的歌詞遞給岡崎先生，他一邊讀著我摺角做記號的那一頁一邊接過筆記本。

「要是抄襲人家的文章會有麻煩喔。」谷先生說。

「才不是抄襲，是引用啦，引用。」我頂了回去，但其實我並不清楚法律上是怎麼界定的。

「如何？」

過了一會兒，岡崎先生抬起頭說：「很有趣。」搖晃著他那魁梧的身軀笑了。我想起當年把還是業餘樂團的我們帶去居酒屋，豪氣地說著「愛吃什麼盡量點哦！」的岡崎先生，那時他仍任職於某知名經紀公司。

這時身後的門打開，五郎走了進來。我抱怨道：「你很慢耶！」五郎看了一眼岡崎先生，又看了看我，很快地移開視線。

「快點進去錄音啦。」谷先生一臉不耐煩。

五郎什麼也沒說，將包包放在沙發旁。我看向錄音間，負責吉他的亮二正默默調著音，鐵夫的鼓也設定好了。

「喂，五郎，拿去。剛出爐的歌詞。」岡崎先生把我的筆記遞到五郎面前。

「還是改了啊？」這首歌一路練下來不知道改了多少遍歌詞，五郎卻沒有想像中的反彈，可能是他也不甚滿意之前的歌詞吧。他接下筆記看過一遍，「嗯嗯——」他看了我一眼，「滿有趣的嘛，繁樹。」

接著他輕聲試唱了起來。

「可是是抄襲喔。」我噘起下唇斜眼瞄著谷先生。

「我會去查一下著作權該怎麼處理。」岡崎先生打圓場。

「好，那我們先來練練看吧。」五郎說。

「好了好了，動作快！你們也很清楚，不管是國會還是錄音，拖拖拉拉都是在燒錢啊。」谷先生揮手趕我們進錄音間。

「是是是。」我站起來朝錄音間的門走去。世上有一種人，個性很差卻很有成就，谷先生就是典型。亮二常揶揄他製作的團體是「在電視上曝光讓女人與小孩子為之瘋狂，吉他彈奏卻毫無靈魂的假樂團」，但那個「假樂團」的歌卻一首接一首登上暢銷榜而瘋狂大賣，唱片界為了「日本搖滾創立期」的出現而歡欣不已，而這股熱潮的催生，谷先生的確功不可沒。

我轉身走進錄音間，「最後一首啊……」身後只剩五郎吐出的這句話在音控室中渺渺迴蕩。

「哇，這首歌好！太正了！唱起來又順，改歌詞果然是對的！」練了數次之後，亮二興奮地說。雖然對谷先生的不滿依然令他焦躁，一旦曲子的演奏敲定，他的心情頓時大好。

亮二以彈片撥弦，音箱嗡嗡地響著電音，身後猛爆出的鼓擊將胸口抑鬱翻攪的不滿一掃而空，左手下意識地在指板上運指滑動，身體也隨之搖擺，吉他手大概都是這副模樣。

我自己方才彈出的貝斯聲響仍在體內繚繞不去，感覺很棒。

坐在套鼓後方的鐵夫也揚起了眉。

手支著麥克風架的五郎晃著腦袋，一臉吟味著餘韻的神情。

音控室那頭傳來指示，也就是谷先生對著錄音間的我們開口了：「我覺得這首歌節奏應該放慢，吉他的聲音要再收，這樣比較好，再耽溺一點。」

我們四個當場面面相覷，什麼都沒說便達成了共識。「開什麼玩笑！」亮二大吼：「什麼叫再耽溺一點！」

「可能的話，我想試著在背景加入低音提琴。」谷先生說。

亮二嘖了一聲說：「那不是學路・瑞德（註）的嗎？」

隔著玻璃窗，只見谷先生身旁的岡崎先生搔了搔頭。

這時，五郎緩緩地轉向麥克風開口了，「岡崎先生，」他說：「您覺得這首歌如何？」

隔音玻璃對面的岡崎先生好像沒想到會被點名，一臉錯愕。

「岡崎先生，您覺得怎麼樣？」五郎又問一次。

坐在錄音設備前的谷先生瞄了一眼站在身旁的岡崎先生，露出「你別多話」的眼神

註：路・瑞德（Lou Reed, 1942-），一九六四組成非法利益合唱團，擔任主唱兼吉他手及大部分創作，他將小說的多愁善感帶到搖滾樂，如黑暗詩人般反動自省的詞句堪稱爲龐客的精神導師；而且他率先嘗試在搖滾樂中加入古典音樂元素與種種創新，開創了藝術／前衛搖滾（art/progressive rock）先河，被譽爲美國搖滾之父。

牽制他。

我目不轉睛地望著岡崎先生虎背熊腰的身影，他也神情嚴肅一逕凝視著我們。好一會兒之後，他皺起眉頭說：「這樣賣不起來啊。」

我們四人同時鬆了一口氣，因為說著這句話的岡崎先生正彎著雙臂豎起兩根大拇指。

「谷先生，」於是我下定了決心，對著製作人說：「雖然不應該違抗您，但這首歌能不能讓我們照自己的意思走？」

谷先生不悅的神情更加僵硬，「我說啊，你們這樣玩是行不通的啦。」他發火了，「站在我的立場得想辦法讓你們的歌賣出去啊！」

「只有這一首歌就好，請讓我們自由發揮。」

「我不是說了嗎！」谷先生的臉色再蒙上一層陰影。

「反正……」這時五郎開口了，「反正這是最後一次錄音了啊。岡崎先生，應該沒關係吧，橫豎賣不起來，不是嗎？」

谷先生搔著黝黑的頭髮，突出下顎，臉上滿是苦惱，指頭焦躁地敲著手邊的菸盒。

眼看著岡崎先生難得露出怯懦的神色，他用力眨了幾次眼之後，表情似乎說著：「被你們打敗了。」

錄音間與音控室的通話突然中斷，隔音玻璃的那一頭，岡崎先生與谷先生正說著什麼，不知是協商還是討論，兩人都是一臉嚴肅，看來他們正進行如下的對談：谷先生激動地講得口沫橫飛，岡崎先生也坦然地回應，接著提出他的腹案。

他們在談判的時候，亮二朝我走來，一邊跨過地上的電線一邊問我：「繁樹，這是怎麼回事？什麼最後的錄音？」

「五郎偷聽到唱片公司的最後通牒了，這張錄完我們就得走人。」

「真的假的……」亮二囁嚅著，「那演唱會怎麼辦？」

「演唱會還是照辦吧，只是規模小得多就是了。」

「可是只要這張賣起來，狀況又不一樣了吧？」亮二和我昨晚的反應一樣。

「亮二你也很清楚呀，」所以我也這麼回他：「賣不起來的。」

「也對。」沒想到亮二的反應竟然這麼爽快，「世上只有傻子會砸錢在紅不起來的傢伙身上。」

想必他也有所覺悟了。

「我們打了漂亮的一仗。」我說。

一旁五郎也喃喃地開口說：「嗯，很值得了。」

「喂，繁樹！」從音控室傳來岡崎先生的聲音，「谷先生同意了，就照剛才的演奏走，只不過也不能讓你們亂來，所以我提了一個折衷方案。」

「什麼方案？」

「我要你們記住這真的是最後的錄音，沒有重來。一、二，走，錄完，結束。一次定生死。」

「一次定生死？」

我與亮二對看一眼，五郎也望過來，我們四人之間的空氣逐漸升溫。那種宛如照著設計圖依樣畫葫蘆製作元件的錄音方式根本不適合我們，每樣樂器都得單獨反覆演奏無數次，錄好之後再仔細地重疊各個音軌，好像在製造罐頭。我們很想沿用當年業餘時代的作法，所有團員一起演奏，直接現場錄音，因而聽到一次定生死，我們開心不已。

「不折不扣的一次定生死哦。」岡崎先生繼續說：「沒有重來，不許失敗。」

我猜，可能是因為我們的主張惹惱了谷先生，所以岡崎先生才提出「讓他們錄一次就好」的條件交換。

「怎麼？沒把握嗎？」岡崎先生語帶挑釁地說。

「該有覺悟的人是你吧，難保我們會搞出什麼樣的歌哦。」亮二也不甘示弱地笑著回他，顯然他也抖擻起精神了。

「好，準備好我們就正式來吧。」岡崎先生說。

團員望了望彼此，與鼓手鐵夫確認過曲子的幾處細節之後就沒再說什麼了。

「好了，來吧！」五郎說。

我低頭望向我的貝斯，左手撫著琴格，像在暖身似地右手手指重複快速撥弦的動作一邊調勻呼吸；亮二則是站穩步子，一副隨時可開始的模樣；五郎拿開麥克風架，雙手緊握住麥克風。

我逐個看向團員，接著一點頭，鐵夫擊鼓棒抓出節拍，亮二的吉他響起的同時，我的右手指也撥動了貝斯弦。

一邊彈奏，我一邊提醒自己穩下來。一股不同於平日的氣氛就快將我吸了進去，貝斯傳出的層層低鳴在我的周圍漾起漩渦，正一點一點地吞噬我自己，音符在指間逐一湧現，漩渦愈繞愈大，然而那漩渦太吸引人，我幾乎失去了冷靜。

亮二吉他和弦的速度感愈來愈強，乾淨爽快的旋律中，五郎的歌聲適時進來了，他並沒有縱聲吶喊，咬字清晰順暢，淡然而低沉的嗓音貼切地融入我的貝斯聲響中。錄音間裡響徹亮二漂亮的吉他切音，我不禁矇矓地想著，能彈出如此犀利切音的吉他手真是太難得了，多可惜呀……

「如果我的孤獨是魚，那巨大與猙獰，一定連鯨魚都會逃之夭夭。」

這句歌詞敲著我的腦袋。此刻唱著歌的我們被遺棄在時代的邊緣，正因為自身猙獰的孤獨傷透了腦筋，而為了趕走那條魚，我製造了漩渦。吞沒吧！漩渦！把魚吞沒吧！

唱完副歌後，五郎的歌聲停下，亮二的吉他獨奏響起，整個情緒一氣呵成，聽不出明顯的失誤。

「岡崎先生！」五郎突然對著麥克風開口了。我心頭一凜，明明還在演奏中，明明錄音還沒告一段落，五郎卻說話了，他忘了這是正式錄音嗎？

「岡崎先生，會有人明白嗎？」五郎不是在唱歌，也不是感嘆，他只是不疾不徐地說著，「告訴我，有人聽得懂吧？現在聽著這張唱片的人，告訴我吧！你能明白嗎？」

我望向五郎握著麥克風的身影，但從我站的位置只能勉強看見他的左耳，我不知道他帶著什麼樣的表情說著這段話，能確定的是，他的語氣一如往常地平靜。「這明明是首好歌，卻沒人聽得懂？不會這樣吧？岡崎先生，讓世人聽見吧！我們盡力了，放手做我們想做的事真的很開心，但一切到此為止了。拜託，讓人們聽見吧！」五郎爽朗地笑出聲說：「拜託你了。」

間奏告一段落，五郎宛如什麼也沒發生似地繼續唱歌。

「太好了。」岡崎先生笑容滿面地對著走進音控室的我們說：「很讚的演奏。」

谷先生卻不發一語，只見他雙唇緊閉，一臉不悅地啣著菸。

「喂，那段獨白是怎樣？你也太突然了，嚇得我差點彈不下去。」亮二推了推五郎的肩，「別講那麼肉麻的話好不好！」接著他誇張地做出摩挲手臂雞皮疙瘩的動作。

「哎喲……」五郎自己也有些不好意思，「可是這首歌那麼正，一想到沒人能懂，忍不住就想抱怨一下嘛。」

「還抱怨咧！」亮二笑了。

真是幼稚。——谷先生低喃著。

我直盯著五郎的表情，不禁覺得這傢伙真妙。

「總之呢，」谷先生望著牆上的鐘說：「剛才的間奏部分要重錄，休息一下馬上開始了。」

「還是重錄比較好，對吧？」亮二提高聲調問。

「廢話，錄了那種口白怎麼賣。」

「不。不錄了。」這時，岡崎先生凜然地開口了，所有人看向他，五郎也是一臉錯愕。

「照我們事前說好的，那首歌已經錄完了。你們的演奏豈止不錯，根本是太讚了，不可能更好了。」

「可是……那段五郎的獨白……那段有點丟臉、又有點像是青澀年輕人宣言的東西怎麼辦？」

「那就消音吧。」岡崎先生想都不想便說。胸膛厚實的他一旦自信滿滿地開口說話，看起來更是整個人大了一圈。「只切掉那一段。」

「切掉？整段嗎？」我不懂他的意思。

「嗯，就讓這首歌沒有間奏，也不錯呀。」

「沒有間奏？」

「與其說沒有間奏，應該算是嘗試加入一段無聲間奏吧。」

「幹麻搞成無聲啊！」亮二氣急敗壞地說。

「先讓音樂漸弱至無聲，之後再漸強恢復原狀，這樣聽起來應該比較自然。」

「可是切掉之後至少要設法接起來吧？」

「不。」岡崎先生毫不猶豫，「我們不是想讓人們聽見五郎的吶喊嗎？聽到那段無聲的間奏，或許會有人感受到什麼。對吧？」

「會有人因此明白五郎的心情？」我皺起眉頭。

「大概只有五郎他媽會明白吧。」亮二笑了。

「你只是想做些奇怪的嘗試吧。」不多話的鐵夫幽幽地說。

「大概吧。」岡崎先生哈哈大笑，接著說起披頭四也在音樂裡加入只有狗兒聽得到的音頻呀。

「我說啊，」谷先生當場反對，「實驗性的東西由普通的樂團來搞，只是凸顯幼稚罷了。」

五郎或許是終於察覺自己該負起責任，怯聲地說：「雖然捅婁子的是我，沒立場說什麼，但我覺得還是重錄比較好……」

「巴布．狄倫錄完那首〈*Like a Rolling Stone*〉的時候，唱片公司怎麼說的？他們說『沒人做長達六分鐘的單曲啦。』結果呢？電臺收到數不清的聽眾熱烈要求『請將整首歌完整播完！』」

「那是……」沒辦法，我只好代表團員坦白說了：「因為他是巴布．狄倫啊。」

「沒錯。」谷先生也是一臉不敢苟同的表情，往菸灰缸裡捻熄了菸。

「嗯，不會有問題的。」岡崎先生右手擦了擦鼻子，爽快地說：「反正又賣不起來。」

離開錄音室，我們一行人在車站前的居酒屋一直待到深夜。後來，最後的那首歌沒有重錄，決定直接收進專輯裡。「我不管了啦。」雖然我不是想推諉責任。

「沒問題的啦。」一邊喝著啤酒的岡崎先生心情大好，昂然地說道。

「因為賣不起來？」五郎笑著說。

「那是現在賣不起來。總有一天，世人會了解你們的。」岡崎先生點著頭說，接著突然一臉嚴肅地繃起老臉，深深地低下頭。

我們被他突如其來的舉動嚇得睜圓了眼，只見他一字一句地說，之前他鼓勵我們眼光放長遠走上職業一途，但眼前看來是無法兌現承諾了，非常抱歉。

面對毫無預警的道歉，我們全愣在當場，我知道身為團長的自己應該說些什麼，卻一句話也想不出來。

真的很抱歉。——岡崎先生又說了一次。

「這也是沒辦法的事呀。」五郎說。

「是才能的問題。」鐵夫也點點頭。

「而且最大的問題是，我們跟那位谷先生合不來啦。」亮二或許是想緩和氣氛，故意惡形惡狀地說：「實在搞不懂那個人，他一定很討厭我們吧，老是要我們這樣那樣的。」

這時岡崎先生抬起了頭，躊躇了一會兒之後，微笑著說：「其實小谷很喜歡你們的音樂哦。」

「啊？」我們四個異口同聲叫了出聲。

「是真的。你們覺得我會找一個對你們音樂沒感覺的人來當製作人嗎？」岡崎先生說。我們回道：「我們都以為你是這樣啊。」

「之前有次我在電車上遇到小谷，我看他抱著你們的唱片，那時他好像不曉得我認識你們，還跟我推銷說：『岡崎先生，這個團很不錯哦。』」

「不會吧……」亮二皺起眉頭。

不知道真有此事還是岡崎先生瞎編的，我也分辨不出來。

好一陣子我們只是沉默，茫然地喝著啤酒、剝著毛豆。

「到頭來，那種音樂還是賣不起來的啦。」終於亮二開口了。

「是啊。」岡崎先生晃著肩笑了，「連小谷出馬都救不了呢。」

我們放聲大笑。

「那首歌歌名決定了嗎？」岡崎先生突然問我。

「還沒。」我一邊啃著毛豆，「叫什麼都行吧。歌詞講到魚，就叫〈魚之歌〉如何？或是〈*fish*〉也不錯。」

「『fish story』是吹牛皮的意思。」一直沒開口的鐵夫一邊伸手拿毛豆一邊說道。

我一聽大感佩服，鐵夫笑著回我，英文還是多少懂一點的好。

「可是呢，總有一天世人會認同你們的音樂的。」夜漸深，岡崎先生的臉愈來愈紅，眼神也開始有些呆滯。

「每次岡崎先生說不會有問題，大部分到頭來都有問題。」我故意挖苦他，「你看今天那首歌，搞了個無聲間奏出去，一定會有人來抗議，說我們『搞什麼嘛！』之類的。」

「會嗎？」岡崎先生完全不以為意，「我是覺得應該會引發各種效應啊。」

「哪來什麼效應。」亮二提高了嗓子。

「好比說呢……」岡崎先生開了個頭，接著才拚命想該舉什麼例，這個人每次都這樣走一步算一步，「好比說，有個男的正在聽這首歌，地點嘛……就在咖啡店好了，坐著的男子閉上眼睛凝神聆聽，就在無聲間奏的地方，碰巧聽見女子說話的聲音，於是他抬起頭。」

「什麼啊？」五郎一愣。

「剛好女服務生開口說話的時候，男子突然聽到音樂以外的聲音，當然嚇了一跳呀。」

「你該不會要說，凝視著彼此的兩人於是墜入情網吧。」亮二粗魯地說。

「最後兩人幸福地步入結婚禮堂。」我也苦笑著跟著起鬨。

「看吧！」岡崎先生豪爽地笑了，「我就說吧！你看看，你們的音樂也有貢獻呀。」

「但那和音樂八竿子打不著吧。」亮二這話一針見血。

「很囉唆耶，有什麼關係，就這樣了。結了婚的兩人還生了孩子喔。」

「還沒完吶。」五郎撥了撥頭髮，向服務生加點烤雞串。「烤雞串，是嗎？收到！馬上來！」服務生精神奕奕地回道。

「還沒完呀。後來呢，那個孩子長大成了非常了不起的人。怎麼樣，厲害吧？」

「什麼了不起的人？」我問。

「得到諾貝爾獎之類的。」

我們當場吐槽岡崎先生太沒想像力了。

「囉唆。總之，我要說的是，你們的音樂有可能在百轉千迴之後，對這個世界有所助益的。」

「太扯了啦。」我不禁啐了一句，大家也應聲附和，一邊笑著說這和「刮風的話桶店就賺大錢」（註）有什麼兩樣。「再說諾貝爾獎和音樂又毫無關係。」

註：日文諺語，原文為「風が吹けば桶屋が儲かる」，意指刮風會吹起沙塵，沙塵吹進眼睛使得盲人變多，盲人一變多，三味線的需求增加（從前的盲人多靠彈奏三味線維生），而製作三味線需要貓皮當原料，於是貓的數量減少，相對地老鼠數量增加，老鼠會咬壞桶子，所以桶子需求增加，桶店便因此大賺一筆。延伸指事物會在意想不到的地方影響到意想不到的事物，類似今日的蝴蝶效應。

「想吹牛皮都吹不成。」鐵夫也出聲了。

我逐一望著坐在榻榻米上的團員，然後望向喝醉了的岡崎先生。「您覺得自己失敗了嗎？」我問他：「您為了當我們的經紀人而辭掉工作，這下算是失敗收場嗎？」

喝醉的岡崎先生整個臉都紅了，但話卻說得清清楚楚，「失敗了呀。」一聽到他的回答，我和亮二當場抗議了起來。

「不過，沒辦法啦。」岡崎先生繼續說：「誰教我愛死了你們的音樂呢。」

雖然不是為了掩飾難為情，我舉起酒杯說：「來乾杯吧！」

至於為了什麼乾杯根本無關緊要，大家卻很堅持得想個名目，於是我們隨興地決定了，「好，就敬谷先生吧！」

十年後

人稱「網路專家」、擁有亮眼的業績，再加上照片上清秀的五官，橘麻美這位女性給我的印象是思路清晰但不易親近，然而實際見到本人，卻完全不是那麼回事。

我這次的採訪是在她公司的會客室進行。近幾個月，她接受類似的採訪不知多少次，想必難掩厭煩的情緒，沒想到她仍是一派穩重地應對。「以結果來看，正是橘小姐您拯救了世界呢。」一聽我這麼說，她低下頭回答：「您過獎了。」

「是真的，要不是橘小姐發現了那個網路bug，全球不知道將陷入多大的混亂，我想應該和當年預測千禧年問題將引發的災害程度不相上下吧。」

「其實那不算bug，而是人為的。」

「是的，的確是有人計畫性地破壞，所以才更危險，不是嗎？」

在網際網路普及的現在，每個大企業、每個國家對於各個通訊網的防禦系統都極端謹慎，網路專家因此日增，只不過再如何嚴密地監控，仍然無法根絕駭客。這些窮極無聊、滿腹好奇心又熱愛挑戰的人們計畫著同時侵入幾大國的交通與發電所的電腦系統擾亂運作，之後這群人在歐洲被逮捕，當被問到犯案動機時，他們的回答竟是「因為好玩」。這些人不是思想激進分子，也沒有特殊宗教信仰，犯案並不是出於一時衝動，「現在世界上大部分的事物都傾向不經人手而仰賴電腦系統，所以只要系統受到些微的破壞，好比只是讓部分變數溢位，後果就非常嚴重了。在自家玩電腦就能讓全世界陷入混亂，不覺得很好玩嗎？」

他們計畫先侵入交通號誌燈控制系統及車班運行管理程式，讓災害宛如骨牌效應般迅速擴大。這些駭客來自各國，彼此從未見過面。

如果沒有橘麻美，恐怕無數人類都將成為「好像很好玩」念頭下的犧牲品。

她在國外進行手機轉訊基地臺系統的負荷量實驗時，發現了幾處疑點，剛好她也有興趣研究，於是自行調查了一個月，發現系統有異常入侵，立刻在網路論壇上發表她的調查結果，沒想到接連數個國家不同業界的電腦系統也陸續發現類似的狀況。

專家稱讚她的細心，工程師驚歎於她的迅速應變，而最令人佩服的是她謙虛有禮的性格，要是她態度傲慢只想炫耀自己的發現，相信各方也不願意出力共度難關吧。

「我想一般大眾可能沒認知到這一點，但如果沒有橘小姐，此刻人們真的不知道是如何地水深火熱呢。」這並不是場面話。

聽我這麼說，她又顯得有些坐立難安了，「快別這麼說。」她笑了笑說：「大概十年前吧，我曾經遇到一起劫機事件。」

我立刻傾身向前：「請問是怎麼樣的經過？」

同時我反射性地瞄了一眼數位錄音筆，確認錄音鍵是按下的。

「我不是開玩笑，當時我們在機上的所有人都覺得死定了，因為那群劫機者毫無動機而且自暴自棄，但是，有一個人挺身而出救了大家。」

接著她告訴我那個人是如何隻身犯險，迅速俐落地一一打倒劫機者，我半信半疑地聽著。

「所以是那個人拯救了橘小姐，今日才有橘小姐拯救世界，對吧！」我一邊在筆記本寫下「劫機」兩字。這段插曲應該加進報導的哪個段落呢？我的腦中已經開始重整文章段落的順序，甚至暗自擔心會不會因為與主題無關而淹沒在正文中。

她只是說：「要謝的話，就謝那個人的父親吧。」但我不明白她的意思。

總之我露出滿面笑容，含糊地應了一聲：「這樣啊。」

Fish Story

10

洋芋片

1

今村坐在地上，倚著沙發看漫畫。大西剛巡完屋內一圈回來，問他：「你在幹麻？」

「看漫畫啊。」今村頭也沒抬地應道，身旁的全套漫畫堆得像座塔。

「什麼時候翻出來的？」

「就擺在那兒。」今村仍盯著書，抬起手指著客廳的書架。搞什麼，拉女友來到這公寓，自己卻埋首漫畫堆裡。大西本來想這麼指責他的，最後還是算了。

靠窗角落擺了一臺寬螢幕電視，正在轉播夜間職棒，時間是晚上七點，中央聯盟的仙台本地球團與關西隊三連戰的第二場比賽，比賽進行到二局下半。往年這個本地球團一直在做末位之爭，今年不知為何狀況奇佳，目前已經四連勝，而或許是心理作用，先發投手的背影看上去也是信心滿滿。

攝影機拍到場邊的選手休息區，畫面中出現教練長長的臉，只見他眉頭深鎖，粗眉大鼻的國字臉看上去很有威嚴。這個人不倒翁般的圓胖體型雖然討喜，早在球員時代就以好女色而惡名在外，緋聞不曾斷過，大西並不喜歡他。

不知道尾崎選手在不在？大西定睛尋找選手休息區裡側，但攝影機沒拍到他。

「你不會要把那堆全看完吧。」大西嚴厲的視線掃向今村。今村說：「這麼說來……不行嘍？」

「我來是想看看你工作的狀況耶。我先確認一件事，懶懶散散地看漫畫應該不是你工作項目之一吧？」

頭髮微鬈的今村既沒生氣，也不覺尷尬，他的視線終於離開漫畫，抬起頭來溫吞地答說：「當然不是呀。」

「你那麼悠哉，要是突然有狀況怎麼辦？」

「放心啦，比賽又還沒結束。」

大西一年前開始和今村同居，她很清楚那種「大剌剌的悠哉」的確是今村會有的反應，但還是不禁覺得火大。她嘆了口氣，「算了，我去那個房間看看。」她指了指客廳通往臥室的門。

「我等下就過去。」今村又打算重回漫畫的世界。

「拜託，又不是沒看過。」大西吐槽了他一句。今村正在看的那部高中棒球漫畫是非常經典的作品，描寫一對雙胞胎兄弟與青梅竹馬的戀愛故事。

「咦？這部很有名嗎？」

「咦？你沒看過？」

「沒聽過啊。」

「不會吧。」大西相當訝異，接著心頭浮上一計，「喔，我跟你說，那個雙胞胎弟弟會出意外死掉喔。」她故意把重要的哏說破。

「哪有可能，別鬧了。」今村翻頁繼續看，「這麼活蹦亂跳，不可能死的啦。」

「後來雙胞胎哥哥便代替弟弟前進甲子園。」

「不可能啦！」今村噗哧笑了出來，「這麼沒用的哥哥怎麼會打棒球。」

大西沒說什麼便走進臥室。這個四坪大空間的正中央擺了一張大床，感覺很舒適，靠牆有壁櫥，門旁的置物架上放著許多相框，她逐張瀏覽照片。

就在這時，臥室電話突然響起輕快的電子鈴聲，大西不由得驚叫了一聲，床頭的電話子機正一閃一閃地發著光。

大西比進臥房時更謹慎，躡手躡腳地走回客廳，只見今村仍倚著沙發，但視線緊盯著餐具櫃上鈴聲大作的電話。

不久又響起另一種電子聲響，答錄機啟動了。今村按下遙控器將電視音量轉為靜音。

「請在『嗶』聲後開始留言。」語音之後是長長的一聲「嗶——」，大西豎起耳朵。

但沒聽到任何說話聲，對方沒留言便掛了電話。

大西看向今村。今村也睜圓了眼，望了望電話，又望了望大西，於是他開始說了：

「以前也遇過類似的狀況啊……」

2

一年前，今村人在仙台市區西郊一棟新公寓的某戶裡。時間是晚上十一點多，沒開燈的室內相當昏暗，但他的眼睛已習慣這種亮度。

他正探頭查看洗臉臺下方的置物櫃，身後有人「喂喂」地喚他，「在幹什麼呀？」

「喔，頭目。」今村抬起頭笑了，「我在搜有沒有值錢的東西。」

「小子，你覺得單身漢會把錢藏在洗臉臺下面嗎？」走廊上，拿著手電筒的中村苦笑著說：「還有，講好幾次了，不要叫我頭目。」

「為什麼呢？」今村站起來，撢了撢膝上的灰塵。

「都二十一世紀了，哪來什麼頭目。」

「之前黑澤先生也糾正過我，他說闖空門這一行裡沒有那種職位。」

「對吧，那傢伙說的多半錯不了。」圓臉的中村有一雙老好人般圓圓的眼，他邊說邊繃起臉，牽動了嘴上的髭。闖空門的，還是得留髭才稱頭。——那口髭便是基於這個歪理來的。

「那麼我該怎麼稱呼您呢？」今村問。

「叫中村先生就好啦。中村先生。」

「那樣太見外了，感覺也不像朋友。叫您中村課長呢？」

「什麼課啊？」

「闖空門課之類的。」

「不好吧。」

「那，專務。」

「中村專務啊……」

「很棒吧！」今村眼睛亮了起來，使勁地點頭，「很有公司組織的味道呢。」

「你好，初次見面，我是中村專務。」中村有模有樣地來上一段。

今村拍著手，「很好很好，有種煥然一新的感覺。」

「是嗎。」中村卻有些害臊。

兩人來到走廊盡頭的客廳，看到眼前將近十坪大的寬闊空間，以及清一色或黑或白井然有序的家具，今村不禁感嘆：「總覺得這屋子滿做作的。」

「應該是有女人包養才住得起吧，相當奢侈啊。」

「這種像是結婚詐欺犯的傢伙，怎麼不會被抓去關啊。」看到客廳的超大尺寸電視，今村的眼睛睜得老大。

「這些人哪，多半會辯解說『要是這種程度就算詐欺，那根本談不了戀愛了』，反正裝傻到底，法律大概也制不了他們吧。」

「所以就由我們代替法律來懲罰他們，是這樣說的嗎？」

「對呀，我們不是只圖金錢的闖空門，而是為了懲罰惡人的闖空門。」中村一臉滿足地說道。

「真不愧是中村專務！」今村難掩雀躍的心情。不是單純闖空門，而是代替法律前來給予懲罰，這麼解釋好多了。「啊，對了，找到存摺了嗎？」

「沒看到。」中村指著自己翻過的置物櫃和抽屜，「那邊全找過了。」

這時電話響起，今村與中村面面相覷，兩人不約而同皺起眉頭。中村將手電筒照向開放式廚房的吧檯上，黑白相間的電話機在黑暗中微微閃爍著光芒。

兩人直盯著電話瞧，暗自祈禱不要是麻煩事。沒多久電話轉到答錄機，合成語音開始播放：「目前無人在家……」

留言的是一名女性，說話速度有點快。「喂，不在嗎？算了，我也是算準你不在才撥這通電話。我啊，已經受夠了，我要自殺，跳樓。還有，遺書裡提到你了哦。」女子滔滔不絕地說。

「哎呀呀……」中村對著電話的方向悄聲說：「冷靜點呀。」

今村也壓低嗓門連聲說：「先冷靜下來、先冷靜下來。」

「竟敢玩弄女人，你這個混帳。我要一腳踹飛你！」女子對著話筒大吼，但這時，通話卻斷了。今村不禁兩手撫著胸口，女子尖銳的話語簡直像是衝著自己直刺過來，轉頭一看，中村的姿勢也半斤八兩。

「頭目，這怎麼回事？」

「大概是這個男的之前交往的女人吧。」中村垮下留著鬍的嘴角。

「她是說要跳樓吧？」今村提心吊膽地朝電話走去，「不過聽聲音倒是很冷靜。」

「會嗎？」

「應該不會死吧？」今村的臉頰不自主地抽動，「我是說……這個留言的女人就算死了，跟我們也沒關係，對吧？」

「好！」中村用力地點頭說：「好！忘了吧。」

「嗯嗯，忘了吧。」

但是中村也好，今村也罷，兩人遲遲無法移動腳步，只是望著不再發光的電話機。好一會兒之後，今村終於走到電話旁，望著中村問：「這個來電號碼，要不要回撥看看？」說什麼傻話。——本以為中村會這麼一笑置之，沒想到他一臉難以言喻的表情地斂起下巴說：「撥撥看吧。」

今村按了功能鍵找出來電號碼，匆匆按下號碼之後拿起聽筒，一邊聽著等待鈴聲，一邊悄聲對中村說：「該不會……已經死了吧？」

「誰死了啊！」聽筒另一端突然傳來女子的聲音，今村「哇！」地驚叫出聲，還弄掉了聽筒，慌忙拾起來，對著話筒說：「妳現在人在哪裡？」

「在哪都無所謂吧，現在擔心這些都太遲了，橫豎我要死了。」

「為什麼？」

「廢話，當然都怪你啊。」

「哪有！」今村反射性地回說：「不是我的錯，絕對不是。」

「少在那邊推卸責任，再吵我一腳踹飛你哦！」女子火力全開。

今村暗忖，這麼有精神的人肯定不會跳樓的。「妳現在在哪裡？」他再次確認。

「大樓頂樓。屋頂。好了就這樣，我要跳了。」

「等一下！」今村堅持不讓對方掛電話，「我馬上過去，先別跳啦，妳到底在哪裡？」

「怎麼？」女子冷笑著說：「一點也不像平常的你，這麼拚命？果然是因為遺書的關係呀，怕了吧。」

「妳在哪？」

「不告訴你。」

「我馬上過去。」今村使勁搔著頭髮。雖然女子高高在上的說話口氣令他坐立難安，他更焦慮的是，要是真讓她死成還得了。「我騎長頸鹿過去！」回過神時，一句話已經脫口而出，「我騎長頸鹿去找妳，告訴我妳在哪裡。」

女子沉默了。「喂……」一旁中村睜圓了眼低聲說：「喂……，沒問題嗎？」

「我騎著長頸鹿去找妳。」

「啊？」

「很想看吧！我就很想看。長頸鹿喲！一路騎到仙台街上那棟大樓的屋頂去，換成是我，就會等看過之後再死。」

「胡說八道。」女子又開始鬧脾氣，「你有病嗎？」

「妳覺得我亂講我也沒辦法，可是這樣真的好嗎？妳確定還沒親眼見到我騎長頸鹿就要尋死？」今村也知道自己的腦門充血，完全喪失冷靜了，但話卻停不下來，「妳等看過之後再死也不遲啊。」

騎長頸鹿去啊。——一旁中村低聲咕噥著。

「長頸鹿呢？你沒騎來嘛！」女子站在屋頂圍籬的前方詰問今村，「再說，你哪位啊！」

「我叫今村。」

「誰問你這個！」

「妳剛不是問了嗎？」

女子及肩的頭髮微鬈，身材纖瘦，一身白襯衫搭黑長褲，皮包什麼的都沒帶，只有手機緊緊握在手上。

這裡是十層樓高級公寓的屋頂，隔著馬路正對面有一幅電器公司的大型燈箱看板，燈箱光線擾人地照著今村一行。

「沒錯，是沒有長頸鹿。」今村正色說道。他只是想實話實說，邊說邊朝女子移動。女子立刻攀住圍籬的網面，「你再靠過來我就跳下去喔。」

「等等！」今村頓時停下腳步，連忙說：「為了某個可惡的男人尋死，妳不覺得很蠢嗎？」

「哼，你以為你是誰啊？」

「是誰啊……，這很難解釋。」

「不管你是何方神聖，都不可能明白我的心情，再吵當心我一腳踹飛你！」

「還有力氣踹飛別人的人，怎麼能尋死呢！」

「拜託，無關的人不要多管閒事好嗎？為什麼我不能尋死？你倒是說說看。」

今村也不知道為什麼自己非得待在這裡討罵挨，但總之，「因為妳的父母會傷心啊。」先試試不痛不癢的標準答案。

「噁！」女子作勢想嘔吐，「我爸媽根本不在乎我是死是活，好嗎？」

「那，不能尋死的第二個原因，」今村開始覺得煩了，暗暗後悔不該衝動趕過來，「要是讓妳在這死成了，心裡很不好受。」

「誰心裡不好受？」

「就是……我的心裡不好受。」

「那我等你離開之後再死。」

「那倒無妨，但心裡還是不舒服嘛。」

「誰不舒服？」

「就是……我啊。」

兩人相隔一段距離的對話持續了好一會兒，終於，女子大大地嘆了一口氣說：「總之呢，我要跳下去了，反正又沒有長頸鹿，再會了。」女子再次走近圍籬。

「如果妳以為跳下去就一了百了，那就大錯特錯了！」這時，今村面帶微笑對著女子說道。

「聽不懂你在講什麼一了百了。」

「我們家頭目呀，現在人正在這棟高級公寓樓下等著呢。」

「等著？怎麼回事？」女子踮起腳尖探看圍籬下方。

「很抱歉，妳要是掉下去，他會接住妳哦。」

女子愣了愣，雙眼睜得大大的，「接住？從十樓掉下去的人？那位仁兄是超人還是什麼嗎？」

「超人？」今村噗哧笑了出來，「妳說什麼傻話，又不是小孩子了。我們家頭目是個很普通的中年男人啦。」

「你說那個中年男人打算接住掉下去的我？」女子訝異不已，「怎麼接得住！」

「沒問題的。」

「少敷衍我！而且為什麼我這輩子最後的最後非得撞上不認識的中年大叔而死？踹飛你們喔！」

「我們家頭目高中時代可是棒球健兒呢，而且守備位置在外野喔。」

「那又怎樣？」

「接高飛球正是他最拿手的呀。比起小小的一顆球，要接住妳根本輕而易舉，小意思啦。」

「那個跟這個完全是兩回事，好嗎？」

「不過他好像是板凳就是了……」

「板凳球員！」女子登時大吼，接著無力地坐倒在地，「我不管了，隨便你們啦。」

3

「也就是說最後，那名女子打消自殺念頭了哦。」今村把漫畫放到地上，一臉得意地說：「都是拜我之賜。」

「喂，你這整段故事都是在講我吧。」對於叨叨絮絮地述說當年兩人初次邂逅情景的今村，大西心頭湧上的是遠大於怒氣的訝異，「不用你特地講一遍我也知道，好嗎？」

一年前那起自殺風波的收場就是，大西與今村開始了同居生活。

「因為啊，我不太感覺得到妳對我的感謝之意，想說妳一定忘得一乾二淨了。」今村依舊一派悠閒的語氣，「要不是有我在，若葉妳早就死了喲。」

「死了也不錯啊，誰教你跑來搗亂。」大西嘴上這麼說，心裡卻惦著別人家裡可不是拌嘴的地方，「別講那些了，快點找到值錢的東西快點撤了吧，你這樣簡直是為了看漫畫跑來的嘛。」

「就說慢慢來沒關係啊，」今村抓起遙控器調回電視音量，球賽還在轉播，三局下半，本地球團以四比〇領先，「比賽又還沒結束。」

「可是尾崎是板凳呀，難保不會跑回家來。」大西的視線移向電視機上頭的一個小相框，照片上是握著球棒露齒微笑的尾崎。

「雖然是板凳，好歹也是一軍，他整場比賽都會待在球場的，暫時還不會回來啦。」

「就算是那樣，我們也沒必要待在這裡磨咕吧。」

由於當初是在那種狀況下結識，大西曉得今村的職業是闖空門，但跟著他一起上工，這還是頭一遭。平常他口中的「頭目」——也就是中村一定會同行，但今晚今村不知哪根筋不對，問她：「若葉，今天要不要一塊兒來？」

大西一方面覺得，偶爾看看同居人工作的模樣也不賴，另一方面因為前天晚上她瞞著今村和別的男人共進晚餐，多少有些內疚。總之，今村開口她就跟來了。

在來這棟公寓的路上，今村才告訴她，今晚的目標是職棒選手尾崎的住處。

「人在比賽場上，家裡當然沒人，大可放心地闖進去嘍。」今村似乎很開心。

「那個叫尾崎的球員很有錢嗎？」大西轉著方向盤問道。

「咦？妳沒聽過他嗎？」坐在副駕駛座的今村一臉洩氣，「尾崎可是仙台本地球團的強打耶！」

「很有名嗎？」

「當年在甲子園相當活躍，一路打到準準決賽，最後雖然輸了，他一個人就擊出五支全壘打呢。」

「現在呢？」

「現在是板凳球員。」

「那就是不行啦。」大西當場笑了，很想脫口而出你身邊怎麼淨是一些板凳球員啊，「年薪很低吧。」

「可是他進球團第二年便獲得打擊率王，家裡搞不好有獎盃之類的。」

「獲得打擊率王會頒獎盃？」

「不知道。」
「要是真有獎盃，能換錢嗎？」
「不知道。」
今村平常對凡事就不太深究，總是一副隨遇而安的模樣，所以大西並不訝異他會這麼回答；但再怎麼說，都闖進尾崎住處了，進來之後，今村卻幾乎沒動手翻找值錢東西，自顧自悠哉地沉迷在漫畫裡，大西也不禁傻眼。
「妳看嘛，一進來就曉得沒什麼值錢東西啊，又沒看到獎盃。」今村鬧彆扭似地辯解了一番，接著可能是察覺到大西的不悅，只見他心不甘情不願地開始收拾堆積如山的漫畫，「好啦，我也一起找。」
「終於有點闖空門的自覺啦。」大西故意鬧他。
「為什麼反而是妳幹勁十足呢。」今村苦笑。
若葉走出客廳，先到盥洗室檢查鏡子下方置物架及收毛巾的櫃子內部，接著走去搜玄關鞋櫃，之後再回到客廳，發現今村正四肢著地、臉貼著地面，雙手勤快地擦著地。
「你在幹麻？」
「清地板。」
「你不是闖空門的？」

「不能留下證據。」

大西想想也對，確實有其必要。雖然沒打算一起趴到地上幫忙打掃，她也躺下來將耳朵貼著地板，涼涼的觸感非常舒服。大西從小就喜歡把耳朵貼著地面，仔細聆聽傳來的種種聲響。

「客廳裡有什麼值錢的東西嗎？」大西站起來問道。

「完全沒有。」今村把手伸向電視機上頭的尾崎照片，「不然帶這個走好了。」

這樣太明顯了。——大西正想警告他，電話鈴聲再度響起。

大西望向閃著光的電話機，覺得自己彷彿正遠眺著沉睡中的野獸開始蠕動，該不會等會兒就醒來了吧。她不禁屏住氣息。

和上一通一樣，電話轉到答錄機，「請留話」的合成語音之後響起「嗶——」一聲，今村連忙把電視設定靜音。

電話另一端沉默著。兩人暗忖，又和剛才一樣吧，答錄機卻突然傳出一句「叔叔？」聲音很小，「是……我。」

大西與今村對看一眼。

電話那頭繼續說：「那個人要我出去和他見面……」說話的是個年輕女孩，「我想請叔叔幫忙，可是又覺得這樣不太好……」

什麼跟什麼？——大西看著今村，皺起了眉問：「這是誰啊？」

「天曉得。」今村搖搖頭，「來找尾崎幫忙的吧。」

「誰找尾崎？」

「那個女孩子呀。」

「幫什麼忙？」

「尾崎能幫的忙。」

兩人又轉頭看向電話。女孩的嗓音未脫稚氣，「我得出門了，總之先把地點告訴你。」她說的地點是仙台車站東口一間便利商店，說完便斷線了，不知道是女孩主動掛的，還是答錄機設定時間到而中斷，但電話沒再響起。

「今村大師，請問這是什麼狀況？」大西問道。

「看來是某個女孩子打電話來找尾崎，想請尾崎救她。」今村盤起胳膊，一臉若有所思的模樣，「這下聽到了不想聽的電話啊……」

「算了啦，別管她就沒事了。」大西很乾脆地說：「反正我們趕快搜一搜金庫之類的，挖出存摺就趕快離開吧。」

「若葉妳比較像是闖空門的。」

「是你太不像了，好嗎？」

「是嗎？」今村沒什麼反應，「好了，走吧。」他看著大西。

「『走吧』是要走去哪裡？不搜金庫了嗎？」

「人家都來求救了呀。」

「她是向尾崎求救吧？又不是來求我們。」

今村既沒動氣，也沒拉高嗓門辯解，更沒責難大西無情，他只是說：「當初要不是我和頭目多管閒事，妳早就死了喔，現在這個打電話來的女孩子搞不好也將遭遇不測耶。」

「不測就不測，有什麼關係。」

今村沒理會大西，逕自操作著電話功能鍵，答錄機傳出合成語音：「訊息已刪除。」接著他拿起遙控器關掉電視，螢幕上本地球團的四號外籍打者正擊出全壘打。

「全壘打這種東西啊，」大西脫口而出，「說穿了就是打擊出去的球飛得遠罷了，沒必要大驚小怪吧。」

「就是妳這種小看棒球規則、完全不懂棒球的人才會講這種話。」今村有些同情也有些寂寞地回了一句。

4

那女孩的年紀看起來介於國、高中之間，但要說是二十出頭亦可接受，雙頰豐滿但身材苗條，個頭迷你，一頭淺咖啡色短髮，纖細的頸項在散亂的髮梢之間若隱若現。

「男生大概都無法抗拒這種女孩子吧。」大西毫無修飾地說了出口。

「妳說什麼？」娃娃臉女孩看向大西的眼神帶著戒心。

「我說，日本男人淨是些蘿莉控。」

「現在是怎樣？」這個女孩的個性似乎比外表看來要強悍，她毫不退讓地說：「這根本是老女人的偏見吧。」

「好了好了。冷靜、冷靜。」今村一臉嚴肅地擋在大西與女孩之間，高聲說：「和平好嗎？和平。」還補了一句「蘿莉控不只日本人有啦。」

「你們是誰？」女孩不甚開心地問。

電話留言中提到的便利商店並不難找，大西開著輕自動車（註）駛近便利商店，一

註：輕自動車，亦稱「K-CAR」，為日本訂定車輛規格中最小型的一類，由於車稅、保險等都很便宜，車體迷你，於市區穿梭又方便，在日本深受歡迎。

邊張望停車場，想看看有沒有年輕女孩子在，還真的讓他們找到了。大西連忙把車停好，下車走近女孩，來到她面前劈頭第一句就是「男生大概都無法抗拒這種女孩子吧」，連大西自己都覺得對方會動怒也是無可厚非，但瞬間就脫口而出了，沒辦法。

狹窄的縣道，沿線路燈並不多，一到夜晚，反倒是這間便利商店本身成了附近的照明，四周籠罩著朦朧的光線，豎立在停車場旁的招牌燈箱照亮了女孩的臉龐。

「我們啊，就是……那個啦，尾崎選手的代理人，代打。」

「尾崎選手？」女孩頓時皺起眉頭，天真無邪的表情在一瞬間化為帶著警戒與不滿的成熟面容，大西當下斷定她應該有二十多歲。

「選手？什麼選手？」女孩追問。

「妳剛剛打電話給他，對吧？在答錄機裡留言說想請他幫忙。」

「喔。」女孩似乎也不打算裝傻，「打是打了。」

「妳打給人家卻不知道他是職棒選手？」大西一問，女孩登時睜大了眼說：「棒球選手？打職棒？那個大叔？」

「是呀，雖然目前暫時是板凳球員啦。」今村的語氣彷彿對於自家人的不爭氣懊悔不已，大西在一旁看著只覺得好笑。

「是教練沒眼光。」今村繼續替尾崎辯護，「那個教練高中時代的全壘打紀錄被尾崎超過了，所以懷恨至今，一直不讓他上場。」

「有那麼小心眼的教練嗎？」

「有有有！」今村猛點頭，又繼續說：「而且他性好女色，非常下流。」

「噯，妳跟尾崎選手是什麼關係？」大西質問女孩。

「大概在一星期前吧……」娃娃臉女孩有些遲疑，「那位尾崎先生救了我。」女孩開始說明來龍去脈。

一星期前，她走在仙台車站東口一帶，被一名年輕男子盯上。她並不清楚那名男子的來歷，但男子已經糾纏她一段時日了。男子搭她的肩，攬她的腰，打算強拉她走。

「請住手！別這樣，我不想跟你走！」女孩試著抵抗。

「這時尾崎現身了？」今村適時開口了。

「他好像是碰巧路過。」

尾崎穿著襯衫搭運動夾克，一身輕裝慢跑經過，看到女孩抗拒男子，便衝上前搭救，「放手！人家都說不願意了。」

「帥呆了！」今村不禁感歎，「完全發揮了運動家精神啊！」

「那是耍帥吧。」大西偏著頭，「簡直是三流連續劇嘛。」

「所以託他的福，讓那個男的逃走了。」女孩嘆了口氣。

「不過反正那男的還是會繼續糾纏妳吧。」大西故意嚇女孩。

「那個大叔也是這麼說。」女孩心裡也有數。

男子逃走後，尾崎對女孩說：「不知道幫不幫得上忙，不過如果需要我出面，就打這個電話給我。」他把電話號碼告訴了女孩。

「根本是別有居心嘛。」聽到大西的嘲笑，今村馬上正色反駁：「那叫做正義感。」他接著問女孩：「所以今晚妳需要尾崎幫忙，就撥了電話？」

「那男的剛才又打電話給我，叫我在這個停車場等他，我很害怕，可是又不知道除了大叔還有誰能幫我。」

「妳又沒必要聽從那種人的電話指示，傻傻地前來赴約吧？」大西嚴厲地說道。

「可是……」娃娃臉女孩有些狼狽。

「妳是想預防萬一，所以在尾崎的答錄機裡留了言？」今村幫忙說話，女孩立刻用力點頭說：「因為大叔說，只要留話給他，他一定馬上趕過來。」

「手機呢？」

「我打了，可是他沒接。」

「也對，他還在球場上嘛。」

這時，一道強烈的車前燈光線朝大西一行人射過來，只見一輛車子離開縣道駛進停車場，刺眼的光線說明了那名駕駛多麼沒禮貌，大西不禁一肚子火。

駕駛完全沒減速，粗暴地迴轉之後，在靠裡側的位置停了車。

「就是那個男的嗎？」今村問女孩。

「大概吧。」女孩斂起下巴。

「妳趕快躲起來。」大西說。

「我幹麻要躲？」

「因為我們要去整整他。」大西大聲地說：「等著瞧吧！」

「跟你們兩個無關吧？」女孩的視線很明顯充滿了敵意。

「四號今村——今村忠司，代替尾崎上場。」今村模仿著球場廣播員的聲調，「妳看，我可是代他出馬的。代打耶！當然有關嘍。接下來就由我代替尾崎，好好教訓那個男的給妳看！」

「幹麻講一些莫名其妙的話啊！」女孩提高了嗓門。

「妳的意思是我無法勝任尾崎的代打？」今村莫名地突然情緒化了起來。

忽然，娃娃臉女孩嬌小的身軀猛地晃了一下，接著便宛如逃離飼主的小狗，敏捷地衝出停車場，跑過人行道，穿越縣道消失了蹤影。

而車上那名駕駛或許也察覺狀況有異，剛停好的車子又旋即發動，依舊非常粗暴地加速駛離了停車場。

只剩大西和今村愣在原地。

「這算什麼啊！」大西難掩怒氣，「人家還特地跑來出手相救耶！」

5

「對了，昨天啊，我發現一件非常驚人的事。」

大西發動車子，正要駛離停車場，副駕駛座上的今村開口了。聽他的語氣，稍早之前闖進尾崎選手的住處，然後由於一通陌生女孩的電話留言前來赴約，最後還讓那女孩逃了，這些事彷彿全忘得一乾二淨。

「昨天？」

「因為妳一直沒回來，我閒著沒事。」

「喔，昨天啊。我剛好遇到朋友。」

說是朋友，其實大西和那名男子交情匪淺，還曾一起夜宿飯店，她打算蒙混過去。所以當今村緊接著大叫「啊！對了！」大西有些緊張，他該不會察覺了吧？大西按捺住內心不安說：「怎麼了？」她的聲調比平常高亢。

「若葉，妳忘了在冰淇淋杯上寫名字，對吧？」今村說：「昨天我打開冷凍庫想拿冰淇淋來吃，發現有的沒寫名字。」

「喔，那個啊？」大西一方面鬆了口氣，一方面覺得這人真麻煩，「反正香草口味就是我的，而且你的全都寫上名字了。」

今村與大西都很愛吃杯裝冰淇淋，冰箱冷凍庫裡頭隨時都有好幾個大杯裝冰淇淋，沒吃完的也放在裡面。為了分清楚哪杯是誰吃的，打從兩人開始同居生活，今村便很堅持「要在自己的冰淇淋杯底寫上自己的名字」。

「我說妳啊，漫不經心的，總有一天會拿錯喔。」

「拿錯就拿錯啊，又不是什麼大不了的事。」大西嘆了口氣。聽說現在在婦產科只要小嬰兒一出生，院方便立刻將名牌綁在嬰兒腳踝上。好像是因為從前曾多次發生抱錯嬰兒事件，為了避免悲劇重演，現在都很明確地標示嬰兒身分。然而今村對於標示名字的執著完全不下於抱錯嬰兒事件的嚴格標準，大西實在很難認同。「要是弄錯了，你吃掉我的冰淇淋也無所謂啊。」

「我不能容忍那種事發生。」

大西噘起嘴，毫不掩飾內心的厭煩，而同時也由於話題不在昨晚碰面的男性友人身上而暗自鬆了口氣。「然後呢？你說你發現了什麼驚人的事？」

「啊，對對，我要說的是，因為我很閒啊，就在紙上亂畫三角形。」

「在紙上畫三角形？怎麼又來了？」

「不曉得耶，反正在紙上畫一些點點，連一連就變成三角形了。」

「我的人生就絕對不會出現在紙上畫三角形這種事。」

「後來我呆呆地望著那些三角形，突然在意起角度。」

「『角度』？要用量角器量的那個『角度』？」

「沒錯，我還跑去便利商店買了一個。」

「現在還有量角器這種東西啊。」大西一說出口，想到萬一真有出產量角器的產地，當地居民聽到這句話應該會大發雷霆吧。

「有！當然有。」今村一臉認真，「我拿來一量才發現，三角形的角度啊，不管什麼樣的三角形，三個角加起來都是一百八十度呢。」今村將兩手指尖相觸，在胸前搭出一個不知該說是山形還是三角形的形狀。

「什麼意思？」

「就是說，三角形的三個角度總和必定是一百八十度，這是永恆不變的。而且啊，」他看起來並沒有特別興奮，只是說話速度快了些，「若是九十度的三角形，還存在另一個法則。」他的左手拇指與食指比出英文字母L的形狀，右手食指再靠上去。

「你說直角三角形？」

「喔，那有名字啊？」

「你想說的該不會是……」大西說到這，皺起了眉頭，一邊留意與前車的距離一邊說：「斜邊長度的平方，等於另外兩邊長度的平方和，是這個法則嗎？」

「斜邊？」

大西指著今村以手指做出來的三角形，「最長的就是斜邊。」她解釋：「假設這是a，另外兩邊是b和c。」結論就是$a^2=b^2+c^2$。

「原來如此！」今村興奮極了，「我可是測量了好幾遍才發現這個法則呢！」接著他像是突地回過神來問：「若葉，為什麼妳原本就曉得？」

「那個是畢達哥拉斯定理吧。」

「哥拉斯？」

「你在學校的時候應該學過吧？」大西苦惱著這下該怎麼解釋，一邊踩下油門，車子沿著大學校區外環拐了個彎，距離與黑澤約碰面的寺廟停車場還有一小段路。

「騙人。」今村一臉悵然。

「是真的。」

「什麼時候發現的？」

「很久很久以前。」

「每次都這樣……」今村垂頭喪氣地嘆了口氣，「又被搶先一步了……」

「你真的不曉得？」

「我哪曉得那位畢達某某某先生，我還以為是我的大發現啊。」

「畢達哥拉斯。」

「啊，不過後來我突然想到，下次要畫在乒乓球上。」

「下次換乒乓球出場啊。」

「我拿奇異筆在乒乓球上畫了三角形，結果很不可思議耶，這麼一來，角度和就不是一百八十度了，可是明明是三角形啊。」

「哎喲，那種事情隨便啦。」大西說。車子過橋之後在T字路口右轉，路口迎面一間特價商店的照明亮晃晃的，冷漠的人工光線射入眼簾。大西順著大路前進了一會兒，左轉駛進小徑便來到一間位於高地的寺廟，盡頭是鋪著碎石子的停車場。

「黑澤先生滿閒的嘛，臨時找他也一叫就出來。」大西說。今村剛剛在便利商店撥了電話給黑澤說「好想見個面吶」，黑澤便爽快地告訴今村自己現在的位置，約好到附近寺廟接他順便聊聊。

穿著黑外套的黑澤站在停車場旁的雜木林前方，整個人彷彿融入黑暗裡。大西停了車，和今村兩人朝黑澤走去。

「我剛參拜完。」黑澤說。

「參拜？晚上九點？去廟裡？」大西並不是質疑他的行動，只是忍不住問了出口，她指著右邊通往寺廟的階梯說：「伸手不見五指耶？」

「即使伸手不見五指，寺廟還是存在的。」

「別人會以為你是小偷喔。」今村很替他擔心，黑澤不禁輕輕地笑了。

「那我倒是沒想到。」

大西這是第四次見到黑澤。

或許是因為她還在念短大的時候便在酒店上班，常接觸男客，大西只要觀察男性的態度或發言，即使是初次見面，她大概都猜得到對方的職業。

好比某個口出狂言、一副目無法紀神情的男子，其實是個彬彬有禮的上班族；或是另一個口出狂言、一副目無法紀神情的男子，其實是有妻小的一人公司老闆。她大都猜得八九不離十。

然而大西見了黑澤第二次面的時候，還是猜不出他靠什麼謀生。後來聽今村說黑澤也是闖空門的，大西訝異不已，回了他一句：

「可是你看黑澤先生一點也不像啊！」

「妳又不是多熟悉闖空門的。」

「闖空門的都是一臉傻氣，認真幹活卻撈不到什麼錢，反正就是一副老好人的模樣嘛。」

「妳是在說我和頭目吧。」

黑澤一坐進後座，大西頓時有種車內變狹小的感覺，當然，黑澤對於大西的駕駛技術並沒說什麼，但她老覺得後方有一道監視的視線。每當看向照後鏡，黑澤望著車窗外的側臉映入眼簾，總令她心頭一凜。

黑澤似乎剛下工，但他的神情卻一派淡漠，看不出犯案後的興奮，也不見幹完活的滿足。問他有收穫嗎？只見他從外套口袋拎出一個信封說：「是有一點。」大西想起今村曾極力推崇黑澤，說他很有節制，並不會偷光對方所有值錢東西。

「黑澤先生，我們送你到家門口喲。」副駕駛座上的今村回頭說道。

「那真是太感謝了，不過你不是有事要和我說嗎？」

「我們路上一邊聊吧。」今村的語氣好像開車的是他。

「見到尾崎了嗎？」黑澤的聲音從後座傳來。

大西這時才曉得，黑澤早知道今村要去偷尾崎家。

「沒見到，我們趁他不在的時候溜進去的。」今村回答。

「他家如何？」

今村頓了一頓，宛如做惡夢般低吟著，「唔……很不可思議。」他說：「有種很不可思議的感覺。」

「不可思議？」大西聽到他可笑的回答，不禁哼了一聲，「你闖進人家家裡翻一翻漫畫便空手而歸，的確很不可思議。」

「沒偷東西嗎？」

「沒有我想要的東西嘛。」今村的語氣太過認真，認真到氣氛一下子變得好像應該來吟詠一首短歌。這下大西也無法對他動氣了，只是說：「沒有想要的東西，幹麻闖進人家家裡？」

夜晚的道路一片漆黑，除了遙遠前方車子的紅色後車燈，只剩路旁等間隔豎立的路燈一盞接一盞照亮輕自動車前方的路。實在太暗了，大西不禁伸手摸了一下大燈開關，確認是開著的。

她發現車快沒油了，便將車子開進路邊營業中的加油站。梳著三七分頭、一臉老實的員工上前加油，接著像是打發給油時間似地開始擦拭車窗，大西從車內茫然望著車窗外拿抹布使勁擦拭的加油站員工，不知為何竟有些坐立不安了起來。

「噯，那個尾崎選手為什麼不能出場？」大西突然開口，「你剛剛說因為教練討厭他，是真的嗎？」

「妳想聽嗎？」今村說。

「幾歲？」

「誰幾歲？」

「尾崎。」

「和我同年，快三十了。」今村似乎有些難以啟齒。

「啊，你們同年？」

「而且……」

「而且？」大西湊近一問，今村好像被她嚇到，咕噥著說：「沒什麼。」

「幹麻這樣。」

「尾崎和我過的是完全不同的人生。」

「那是當然的吧。」大西笑了。一位在當年可是未來精采可期的棒球少年，另一位則是連學校教的畢達哥拉斯定理都記不住的未來的闖空門男。

「黑澤先生，我剛才在尾崎家想起一件事。以前，我媽媽曾經看著電視的甲子園轉播和我講了一些話。」

「她說什麼？」

「她說『你看，和你同年的擊出全壘打，大家都好開心呢』，還有『明明是同齡的高中生怎麼差這麼多呀』之類的。」

今村說這段話時，臉上帶著微笑，但他神情中那深邃的寂寞卻是大西非常陌生的，她沒想到今村會露出這種表情。

「這樣啊。」黑澤只是靜靜地應了一聲，聽不出來是關心還是無所謂。

「也是啦，我又不上學，入夜後老是在一番町（註）找人搭訕。的確，同樣是高中生，人生卻天差地遠。」

「你搭訕女孩子然後帶回家？」大西話一說出口，自己也明白這樣很無聊，卻宛如被下了咒似地，接著說出「這也算是另一種揮棒人生吧？」這種沒品的玩笑。

瞬間，車內陷入沉默。

「若葉，妳這樣不太妙哦。」

「什麼不妙？」

註：一番町，仙台市青葉區街名，內有一條拱頂商店街一番街，爲仙台市最熱鬧的商業中心地帶。

「講低級笑話呀。」今村露出同情的表情，「妳剛才那句完全是中年男子會說出口的老掉牙低級笑話。」

該不會被瞧不起了吧。——大西戰戰兢兢地望向照後鏡，只見黑澤依舊面無表情。

東聊西扯之間，車子加好油了。油槍「喀嚓」抖動一下，加油站員工過來告知金額，收下了五千圓鈔，又轉身離去找零。大西先發動引擎，雖然沒打算對剛才的失言做什麼補救，她對今村說：「不過你也很了不起哦，居然發現了畢達哥拉斯定理。」

「那是什麼？畢達哥拉斯？」黑澤似乎很感興趣，於是大西向他解釋了來龍去脈，黑澤一聽開心極了，對今村說：「你這小子不但發現了地心引力，還發現了三角形定理，很厲害嘛！」

「地心引力？」

「有一次他看到樹上蘋果掉下來就發現了。」黑澤說的不知是真是假，「啊，對了，記得那株結實纍纍的蘋果樹就種在你老家院子裡，你還住那邊嗎？」

「現在不住那兒了啦，黑澤先生。那邊剩我老媽在顧，我只有偶爾回去住一陣子；我現在和若葉住在仙台市內。」今村話剛說完，加油站員工回來了。

大西將找零收進錢包，方向盤一轉，車子駛回車道。

「不過話說回來，之前望著蘋果那時候，我老爸還活著啊……」今村拖長了語氣說道。

今村的父親在他認識大西之前沒多久因為腦溢血過世了，大西問過今村，難道不擔心母親獨自住在市郊的小鎮，當時今村苦著臉揮了揮手說：「我媽沒那麼脆弱，放心吧。」說著笑了笑。

車子來到筆直的路段，大西開始加速。駛過剛開通的新路之後，來到一道跨越河面的橋，和緩的橋狀道路兩側整齊排列著閃耀白色光芒的路燈，彷彿只要過了這道橋，眼前展開的便是光明的未來。前方無車，對向也無來車，大西踩下油門。

今村彷彿想在光明的未來到來之前把話說完似地，開始向黑澤說明方才遇到的事，包括他們倆依照尾崎家的電話留言前往便利商店，在那兒發現了女孩還被質疑動機，女孩從前曾受到尾崎搭救，以及遇上疑似糾纏女孩的男子所駕駛的車。雖然很難說明得簡潔有力，總之今村從頭到尾講了一遍。

「尾崎這傢伙真不錯。」這是黑澤的第一個感想，「看到女孩子有難，絕不會見死不救。」

「是吧。」今村有些不情願地承認了。

「接下來呢？你打算怎麼辦？」

「其實，我看到那輛車的車號了。」副駕駛座上的今村搔了搔太陽穴，「車子衝出停車場的時候瞄到的。別看我這樣，視力很好的。」

「你『只有』視力很好吧。」大西一挖苦，今村立刻加強語氣說：「我的視力『也』很好。」接著說：「所以我想問黑澤先生的是，有沒有辦法透過車牌號碼查出駕駛的住址？」

「你不曉得？」黑澤有些意外。

「查得到嗎？」今村問。

「要用到某種不法的手段嗎？」大西問。

「很一般的方法啊。你去監理所提出申請就會告訴你了，車主的姓名、地址、行照上記載的內容，全部一清二楚。」

「申請手續不會很麻煩嗎？」

「只要把車牌號碼確實寫清楚就好了，可能會需要出示你的駕照吧。」

「啊？只是這樣？」大西說。

「就查得到？」今村說。

「只是這樣就查得到。」黑澤很乾脆地說：「你上司應該也曉得呀。」他指的是今村的頭目中村。

據黑澤說，中村平時開車時，一旦遇上自己不中意的車子——譬如亂按喇叭的，或是不客氣地超車插隊到自己前方的，或是一邊亂按喇叭一邊不客氣地超車插隊到自己前方的，他就會背下對方的車號，可能的話立刻寫在便條紙上，然後前往監理所查出車主相關資料。

「他查到資料打算幹什麼？」今村的語氣帶著不安與好奇。

「要不就是光顧那個人的住處，要不就是叫一大堆壽司外送到那人家去。」

「真陰險吶。」大西忍不住說了。

「不，本來就是那些沒禮貌的駕駛不對。」今村立刻挺身辯護。

「也對。」黑澤悠哉地說道，再補上一句「不過話說回來……」

車子駛過了橋面，前方並沒有光明的未來，倒是迎面遇上T字路口。大西將方向盤往左切。

「……不過話說回來，如果只是要問由車號查出地址的方法，不必特地找我出來，打個電話問就好了。」黑澤說的有道理。

「就是說啊。」大西也接口。

先前今村撥電話給黑澤的時候，大西也是這麼告訴他，但他很堅持，「我想當面問他。」

「我想見個面啊。」今村緊貼著副駕駛座的車窗眺望著夜晚的街道，「見見黑澤先生，心裡比較平靜。」

「這樣啊。」黑澤靜靜地應了一句。

「反正和我在一起無法平靜就是了。」大西自暴自棄地說。

6

隔天早上剛過九點，今村說要去一趟監理所便出門了。

「查出那輛車的車主之後，你打算幹麻？」大西在電視機前方地上鋪了張廣告傳單，把腳墊在傳單上一邊剪趾甲一邊問今村。他回道：「我會嚴正地警告他不准再糾纏那個女孩子。」

「那女的看起來很強勢，應該沒必要護著她吧。」

「我是想既然代尾崎出面，好事就做到底。」
「可是你又沒欠尾崎選手人情，需要這麼兩肋插刀嗎？」
「我是沒欠他人情，但讓他欠我一次也不錯。」
「哪裡不錯了。」
「我出門了。」

剩大西一人在家，電視一直是開著的，她繼續剪趾甲，一邊攤開報紙來看，看沒多久，視線落到體育版上。本地球團拿下了五連勝，在對方先馳得點一分之後，代打上場的年輕選手擊出逆轉的一球，報導放了那個關鍵時刻的照片。大西恍惚地想著，連代打都沒有尾崎出場的機會啊……她不禁好奇，為什麼都到這種地步了尾崎還不肯從現役引退，是想大喊「等著瞧吧！」的骨氣？還是非要再掀一場高潮才肯謝幕的倔強？不過不管如何，這位與今村同齡的尾崎可是每天每天不間斷地練習，總是為了不知何時降臨的機會做好萬全準備，像自己這種散漫地打工度日的人是沒有資格說東道西的。

電話鈴聲響起，大西本來沒打算接，反正會打來家裡的多半不是推銷就是打錯電話，更何況現在是平日的上午時分，朋友打來邀約出遊的可能性極低。因此她會接起這通電話單純是因為鈴聲太吵，和按掉鬧鈴一樣意思，手很自然便伸了出去。

「喂——，忠司啊？」電話那頭傳來女性親暱的語氣，似乎是熟人，雖然打招呼的方式有些輕浮，聽聲音卻是上了年紀的人。

「啊，他剛好外出。」

「哦。」對方的語氣變了，「妳是哪位？該不會是……忠司的老婆？」

「我們又沒結婚。」大西一邊回話一邊怒上心頭，突然她心裡有了譜，這位該不會……，「您是……今村的媽媽？」

「答對了！」她非常得意，簡直像是電視猜謎節目的出題者。

大西雖然冷靜地回答：「是喔。」內心畢竟難掩訝異，好一會兒才終於說出：「伯母您好。」

「妳好哇——」今村母親非常開朗地打了招呼，「所以說，忠司不在家嘍。」

該說是親暱呢，還是不客氣？總之，對方大剌剌地一腳踩了進來，大西只能苦笑以對。而另一方面，她這時才想起一件理所當然的事——對喔，今村也是有父母的。相較於大西對於埼玉老家雙親的埋怨從沒停過，今村卻很少提起自己的家人。

「可是之前忠司和我說九點左右打給他，他都會在家的。」

「他會不會是指晚上九點？晚上九點的話，他幾乎都待在家裡。」

今村的工作時間大多從深夜到清晨時分，所以中午以前的時間，他要不是在街上的咖啡店裡呼呼大睡，就是在車裡呼呼大睡，再不然就是在家裡呼呼大睡，通常是無法接電話的狀態，所以他應該不可能指定上午九點。

「啊呀，原來是那廂九點啊——」今村母親似乎相當遺憾。

什麼那廂這廂的。大西皺著眉，一面留意不讓剪下來的趾甲屑掉落，一面將攤在一旁的廣告傳單摺好。

「所以您打算怎麼辦呢？」大西對著話筒說：「既然知道您的兒子不在家了。」

「妳這個人，還挺有趣的嘛。」今村母親的個性似乎是想到什麼就非說出口不可，她的字典裡大概沒有膽怯或慎重這些詞彙吧。

「不有趣啊。」

「你們是什麼關係？」

「什麼關係……，就很一般吧。」說是這麼說，不過他們和一般的情侶似乎又有那麼點不一樣。

「既然聯絡上了，我想現在過去仙台一趟耶。」

大西想起今村母親住在縣南部的小鎮上，庭院裡種了蘋果樹。她回道：「隨時歡迎。」但其實她是想說：「要來就來啊。」

「見個面如何？」

「見面？」對方如此興奮，大西反而有些不知所措。

「網路交友啦！網路交友！」今村的母親連聲說。

她口中的「網路交友」指的是什麼，大西完全一頭霧水，但連問都懶得問。

大西還沒回過神，不知不覺兩人已約好在仙台車站大樓內的彩色玻璃前碰面。因為是第一次見面，大西擔心認不出彼此，問今村母親意見，她只是說：「哎喲，總有辦法的啦。」

「今村和媽媽長得像嗎？」

「不像，完全不像。」

「那我怎麼認得出來！」一腳踹飛妳喔！——這句話終究是硬生生吞了回去。你們母子倆那半吊子的個性還真是一個樣啊。——這句多餘的話也忍下來了。

「不然這樣吧，我穿一件像是囚衣的橫條紋上衣出門，身高大約一百五十公分，個頭很小。」

「像囚犯的小個頭，是嗎？」

「那妳會穿什麼來？」

「您只要在彩色玻璃前看見讓您覺得『啊！真是個好女孩！』的人，就是我了。」

「妳這個人真的很妙耶。」聽到今村母親感動不已的發言，大西忍不住不客氣地回了一句：「跟您比還差遠了。」

「哎呀呀，妳這女孩子長得還真漂亮呀！」一見面，今村的母親劈頭就是這句話。大西心想，沒想到她人很好嘛。

「伯母您穿這樣真的很像囚犯呢。」

由於仙台車站的彩色玻璃前是非常熱門的等人地點，熙熙攘攘地擠滿了女高中生、大學生、一身西裝的上班族等。大西見到一名小個頭的中年女士佇立其中，一眼就認出來了。正如伯母自己所說，她和今村的確長得不太像。

兩人穿梭在車站大樓裡，大西問今村母親想去哪裡逛，伯母回道：「我在來這兒的電車上就一直在想，我們不如去買妳的衣服吧！」

「我的衣服？」身旁兩名女孩子開心地抱在一起大叫，大概是久別重逢吧。大西斜眼瞥著她們蹙起了眉。

「我呀，從以前就很想要個女兒，兩人一起逛街買買東西啦、教她做做菜啦，我好想這麼做喲。」或許因為伯母化了一臉要濃不濃的妝，使她看上去有相當年紀了，但通電話時感受到那股直爽的氣質仍絲毫不減。「但想歸想，就只生了那個沒出息的兒子。」

「他要是聽到您這麼說會哭哦。」以今村的個性，搞不好當真會抽抽噎噎地哭起來。「再生一個不就好了。」

「再生一個，要是又沒中不就慘了。」

「什麼中不中的，別這麼說啦。」大西一邊糾正伯母滑稽的發言，忍不住笑了。

「而且啊，我生那孩子的時候吃了很多苦，再也不敢生了。」當初那間醫院呀，又老又舊、人手又不足，再加上那天碰巧好多嬰兒要生，我生是生了，但生下來了病床又不夠，整個亂成一團吶。——今村母親侃侃而談，「有過那種經驗，叫我再生一胎，我真的要考慮考慮。」

「早知道當初趁亂偷換一個女嬰抱回家就好了喔。」大西開玩笑地說，沒想到伯母卻一臉認真地回答：「就是說呀！」大西不禁語塞。

兩人步出仙台車站，不知不覺間來到了拱頂商店街。今村母親說她半年沒來仙台市了，一邊東張西望看著四周景物，不禁感慨：「才一陣子沒來，變了這麼多啊！」只見她看著擦身而過的往來行人，難掩心煩的神色。

「您和他常見面嗎？」

右手邊是一棟一個月前剛落成的新大樓，一樓進駐了某國外品牌的服飾店，不愧是繼東京本店後開張的二號店，剛開幕時，人多到擠不進去，現在熱潮總算退了。這間店採用巨大的落地玻璃裝潢，店內清一色是白色調，服飾價位也相當高貴，大西雖然有興趣，卻不曾走進店裡。

「妳說我和忠司嗎？沒有，完全沒碰面。那孩子高中畢業後進了專門學校，中輟之後就幾乎沒回家了。之前有段時間我和他爸兩人四處去旅行，當時由他看家，吃住都在老家那邊，但我們回來之後，他又離家了，不過最近他倒是偶爾會打電話回來啦。」

今村母親開心地發著牢騷，接著也沒和大西說一聲，便大剌剌地走進那間有著落地窗的純白服飾店，店員鄭重其事地上前拉開沉重的店門迎接，於是大西也跟了進去。

「你們母子感情不好嗎？」大西望著櫥窗模特兒問道。店內沒什麼客人，裡面有一位打扮時髦的顧客正與店員聊著。

「我覺得還不錯呀。」今村母親一逕望著掛了成排白襯衫的展示櫃，「那孩子呀，沒辦法一次考慮太多事情，他應該是想先打點好自己的生活，也沒多餘的心力顧到其他了吧。所以我們感情並不差喲，嗯。」

「我不曉得他會打電話問候您。」大西沒聽今村提起他與母親一直保持著聯絡，有些訝異。

「那也是最近這半年的事吧，他說他去做了健康檢查，要我也去檢查一下，不知為何突然關心起媽媽的身體，大概兩個月前還特地請健康檢查的人員上門來呢，真是個想到什麼做什麼的孩子。」

「嗯，感覺得出來。」大西走近今村母親身旁的展示櫃，拿起最上層的藍襯衫攤開來看。「嗯，不錯嘛。」伯母說：「妳穿應該很好看。」

大西拉出繫在領口的價格牌，攤平扭曲的牌子一看，上頭印著比預期的昂貴價格還要多上五倍的數字，大西不禁「呿」了一聲。

「在做什麼呀？」

「沒什麼。看了一下價格，覺得很感慨。」

「不是啦。」今村母親露出微笑，眼角擠出許多皺紋，和今村的笑容很像，「我是問妳我那個傻兒子，現在在做什麼工作。」

「喔喔，那個傻兒子啊。」大西很猶豫該不該告訴她今村是專職的闖空門。雖然今村與中村並沒有以暴力脅迫別人，也不會襲擊獨居弱女子，其實可歸為有良心的闖空門，但奪人財產卻是不爭的事實。「他很認真地在工作喲……」

「什麼工作？」今村的母親一邊問一邊搶走大西手中的藍襯衫，拎起衣服肩膀部分貼近大西的身前比量著。

「什麼工作啊……，嗯，就是一般的上班族。」襯衫還晾在身前，大西站著一動也不動。

「那孩子在公司裡不可能待得住的啦。」今村母親依序打量著襯衫、大西的臉、到大西的腳邊。

「您相當了解他嘛，伯母。」

「是呀。只不過呢，那孩子雖然個性散漫腦袋又笨，只要清楚地把工作交代給他，他會做得很好的。」今村的母親邊說邊收拾襯衫，看她摺衣服的動作粗枝大葉，卻疊得非常漂亮。大西心想，這位老媽終於開始講自己兒子的優缺點了，一邊說：「其實，他很聰明哦。」

「妳不用幫他講好話啦。」今村的母親拿起旁邊另一色的同款襯衫。

「沒人教他，他就發現萬有引力了。」

「引力什麼的，就算沒發現，本來就存在呀。」

「這麼說也是。」大西一點頭，今村的母親便說：「嗯，就這個好嗎？」

「什麼好不好？」

「這件襯衫。」

「咦？」

「買給妳的衣服呀，就這件好吧？跟妳很搭呢。」她拍了拍剛疊好的襯衫，「不過還是藍色的好喔。」

「不不！」大西難得激動了起來，「那太貴了！」

「就說沒關係嘛——」今村母親的嘴張得大大的，「我老伴腦溢血死掉的保險金還有剩啦，這就叫什麼來著？保險金暴發戶？保險金詐欺？」

「如果是詐欺來的黑錢，還是不要掛在嘴上比較好。」

「我只是很想買衣服給妳，又不會因為我買了就要妳嫁給忠司。」

大西在餐廳讓男方付錢的時候從來不會良心不安，但現在望著在收銀臺前結帳的今村母親的背影，她只覺得歉疚。

出了店門，今村母親將手中的紙袋交給大西，素面的純白紙袋上只印了店名。「非常謝謝您。」大西深深地一鞠躬。

「這點小意思，妳倒是不用放心上啦。」

「……倒是不用？」大西有預感接下來會聽見棘手的交換條件。

「不然換妳陪我去買東西吧。」

「想買衣服嗎？」

「買相機。妳看嘛，最近好像不用上相館也能拍照，不是嗎？我很想要一臺呢。」

「您要拍什麼？」

「偷拍呀，我要偷拍。」

「偷拍什麼？」

「偷拍盆栽啦、烏鴉啦。」

的確，從未經允許擅自拍攝這點來看，或許算是偷拍沒錯，但大西實在不覺得有必要特意這麼稱呼。

7

大西感覺到有指尖輕戳著頭，醒了過來。喔，原來自己睡著了。一睜開眼，眼前是皺著眉的今村，「若葉，妳酒臭味好重。」

「會嗎。」大西直起身子，發現自己躺在自家的沙發上。她看了看四周，電視機旁邊擺著一個名牌服飾店的紙袋，看來與今村母親見面的事並不是夢，只是不見伯母的人影。她看向窗外，天已經亮了。

「怎麼喝那麼多？」

「一拍即合嘍。」

大西收下名牌襯衫之後，和伯母跑去家電量販店買了數位相機，然後兩人走進剛開始營業的居酒屋，到這裡她都還記得。

「和誰一拍即合？」

「這個嘛，祕密。」

「哦，出軌。」

「並不是，好嗎？」

雖然大西不是沒出軌過，但昨晚真的只是和今村母親喝酒，回話也理直氣壯了起來。

房間角落的電視開著，星座占卜節目正介紹到榮登今日運勢最差的處女座，分析結果是：容易陷入自以為是的情緒，對別人應多讓步。一旁處女座的今村苦著一張臉。播報員繼續說：「幸運物是——希臘土產。」今村嘆了口氣說：「這是教我怎麼辦嘛。」

「若葉，昨天夜裡好不容易等到妳回來，妳卻倒頭就睡，到底和誰去喝酒了？」今村又追問。

「那不重要，倒是你，昨天還順利嗎？車牌號碼那件事？」

「啊，對喔，差點忘了。果然如黑澤先生所說，跑一趟監理所，資料馬上到手。」

「查出名字了嗎？」

「名字和地址全都查到了，很恐怖吧，身邊到處都是業界的人耶。」四肢著地的今村以近乎匍匐的姿勢伸出手，從扔在地上的皮包抽出文件，「這份是申請書相關證明，唔，上面記載的車主姓名是——落合修輔。」

「很帥氣的名字嘛。」

「哪裡帥了。」今村氣呼呼地回話，接著念出地址。大西聽過那個地方，「在山上的集合住宅那邊？」

「再進去一點的舊住宅區。我想起來了，我和頭目去工作過一次。」今村一面回想自己闖空門的經歷。

「再來呢？你打算怎麼辦？」

「嗯，去他家一趟，見到他就撂下一句話，威脅他『不准碰我的女人！』他應該就不敢再糾纏不清了吧。」

「太天真了啦。」

「是喔？太天真了喔？」臉上頓時掩上一抹不安的今村非常可愛。

「我也不知道，不過如果這樣就能嚇阻他，先前尾崎選手出面趕走他之後，應該就比較收斂了。」

「那怎麼辦？」

「你問我我問誰。」

蹲著的今村盤起胳臂，緊盯著攤在地上的申請書相關證明陷入沉思。大西沒理他，自顧自開始梳洗。她洗完臉進了廁所，出來之後拿起吹風機整理頭髮，一邊化著妝，她想起前一晚今村母親滔滔不絕說了一段話：「女人吶，大都是這樣，比起男人有太多太多非做不可的事。化妝是一定要的吧，然後還要卸妝。單看這一點，男人就很馬虎呀，粗枝大葉的，光想些不費力的事。」她說的一點也沒錯，麻煩死了。大西一邊感慨一邊將手上的整髮慕絲抹到頭髮上。

「我知道了，若葉。」今村不知何時站了起身，像是功課寫完似興奮地高聲說道。

「知道什麼了？」

「恐懼呀。」今村的語氣意外地平淡，「要讓狂妄的年輕人乖乖聽話，就要用恐懼這招，錯不了。」

「威脅他是沒用的啦。」這點剛才也說過了。

「不是威脅，要更靈異一點。」

「靈異？」

走在夜晚的小巷裡，這條是回自家公寓的路，柏油路面輕輕響著腳步聲。一陣風吹過，垃圾集中放置場內的塑膠垃圾袋隨風振動。走上和緩的斜坡便是住處，接著走上西側那道長滿鐵銹吱軋作響的階梯，上了二樓，來到迎面的第一間房門前，鑰匙一插入門鎖，對面人家院子裡的狗似乎察覺有人，吠了起來。

轉動門把，打開家門的瞬間，不知為何，明明是自己的住處，卻有種走進別人家的錯覺。滿腹狐疑地脫下鞋子走進家中，感覺有股陌生的氣味，好像聽到不應存在的外人的呼吸。心跳很快，胸口好難受。不會吧……。定睛看著漆黑的屋內，伸手往牆上的電燈開關一按，映入眼簾的是壁櫥門上一幅陌生的圖樣，那是血紅的字，潦草地寫著「不准碰那女孩」，看懂的下一個瞬間，背脊竄過一陣寒氣，全身動彈不得。過了好一會兒，顫顫巍巍一步一步走近壁櫥，一靠近血紅的字便聞到一股腥臭味，手一摸，黏黏的，啊！是血！察覺的同時，渾身失了力氣，當場癱軟在地。

誰當場癱軟在地？落合修輔啊。

「這麼一來，那個落合修輔也應該明白了吧。『我知道了，以後還是離那女的遠一點比較好啊！』」今村一臉得意地講了一大串，該說是想像還是模擬畫面，總之是相當戲劇性的說明。

「那就是你所謂靈異的作法？」

「對，很恐怖吧！偷偷跑進落合修輔的住處惡作劇，他要是看到血字應該會嚇壞吧。」

「血要去哪裡生？顏料？」

「我會準備好動物的血。」

「怎麼準備？」

「有專門的業者呀。」今村只是輕描淡寫帶過，雙眼閃著光輝說：「總之，只要這麼嚇嚇他，肯定見效。妳覺得呢？」

「大概吧。」大西很懷疑，試著勸他：「可是有時候反而會得到反效果呢。」

「如何？今晚一起去吧？」今村完全沒理會大西的話。

「去落合修輔的住處？你和中村頭目一起去不就好了。」

「不可能啦，頭目才不幹沒錢賺的活兒。」

「可是尾崎家那次不也是工作嗎，頭目卻沒出現。」被大西這麼質問，今村有些難以啟齒地回答：「因為那攤也沒賺頭。」

好啊，我陪你去。——大西並沒有這麼說，但今村一副已然敲定成行的模樣，像是規畫好遠足行程似地精神奕奕地宣布：「好，我們今晚八點出發！」接著喊道：「距八點還有一點時間，沒事的話一起去書店吧！」

「書店？」大西心想，那麼大聲幹麻，又不是要上書店去搶廣辭苑。

「我想在書店看免錢的書。」

「我不要啦。」

「為什麼？」

「我又不是為了去書店看免錢的書而上妝的。」大西說。只見今村一臉認真，理直氣壯地回道：「妳要這麼說，那我也不是為了在書店看免錢的書而生到這世上來的呀。」聽他這麼一鬧，大西連回嘴的力氣都沒了。

兩人前往位於拱頂商店街的一棟大樓，今村一如他所預告，直接走進五樓的書店，站在漫畫區，繼續看前幾天在尾崎家看到一半的漫畫，就是那部有雙胞胎登場的棒球戀愛漫畫。或許是心理作用，大西總覺得釘在書店看免錢書的男生周圍的空氣令人喘不過氣來，於是她跑去同樓層的家具店殺時間。她本來覺得很嘔，既然要個別行動就沒必要一道過來，沒想到那間「白河堂」家具店的店員是個年輕高眺的美男子，真是個令人開心的意外。大西隨口詢問根本沒打算要買的家具，那名男店員立刻迎上前親切而詳盡地說明，這下她興致大好，家具一件接一件逛下去。

等今村看完漫畫想到回頭找大西，已經是將近一個小時之後的事。大西正坐在展示的沙發上與男店員相談甚歡，看到今村出現，她並沒責怪他「怎麼看那麼久」，反而是差點脫口而出「怎麼不看久一點」。

然而，眼前的今村一臉茫然，眼睛紅紅的，淚水在眼眶裡打轉。大西嚇了一大跳，向男店員道謝與道別之後，連忙從沙發起身，帶著今村離開家具店。大西問今村：「怎麼了？」該不是看到大西和家具店店員聊開來，大受打擊而哭了吧？大西的內心浮上罪惡感。

「真的死了……」今村悄聲低喃著。

「誰死了？」

「雙胞胎的弟弟。」

原來是在說那部漫畫啊。大西恍然大悟。

「我不是告訴過你了嗎？」她覺得又好氣又好笑。

「可是就在剛剛不久前還是活著的啊！」

「你的『剛剛不久前』意義不明哦。」大西嘆了口氣。

兩人在車站前剛開店的餐廳解決了午餐，接著在街上閒晃，沒多久就無處想去也無事可做了，大西覺得時間一分一秒地浪費掉。

「嗳，這樣殺時間很煩耶，我們先過去吧。」

「過去？去哪裡？」

「落合修輔的住處，反正又沒道理非等到八點不可吧。」

「有道理啦。」

「怎樣啦？」

「唔，要製造靈異狀況，我想在夜間比較好。」

「那就是我說的沒道理呀。再說你如果打算趁對方不在家潛入惡搞，不是應該先查清楚對方外出的時間嗎？」其實大西只是單純討厭無處排遣的無聊，才想快點去探查落合的住處，卻講得很像回事，「你得事先觀察對方的行為與生活作息才行呀。」

沒想到今村大大地贊同，搔了搔頭說：「『闖空門的基本動作就是觀察。』黑澤先生也常這麼說呢！」對呀，就是說吧，那我們趕快動身去觀察吧！——大西一把扯住今村的手臂。

8

今村手邊的資料清楚記錄著落合修輔的住處所在，只要搭地鐵過去，出站後再走一小段路就到了，應該不至於迷路。

兩人走在坡道上，今村走在前方，大西發現他褲子後口袋插著一張類似紙片的東西，「這什麼？」她發問的同時，伸手將紙片抽了出來。

今村嚇了一跳，回頭摸了摸自己的後口袋。大西拿到手上的是一張照片。

「這是誰？啊，這不是尾崎嗎？」

看來是上次潛入尾崎住處時拿到的，那是尾崎的上半身照，照片上的他抱著打擊頭盔露出一口白牙微笑。

「喔，那個啊，上回不知不覺順手帶回來了。」

「你也是半個尾崎迷嘛。」大西笑了，把照片迎著陽光拿高起來，「看起來不像和你同年呢，你多少還是有點仰慕他吧？」

今村宛如苦思般皺起眉頭，猶豫地說：「大概吧，以前一直覺得他遙不可及。」

「而現在你們的交情提升到潛入他的住處借漫畫看，也算是小有進展嘍？」

「真的耶——」今村一派瀟脫，「那，妳覺得我和尾崎誰比較帥？」

大西看著照片好一會兒，說：「半斤八兩。」

「半斤八兩啊……」

「『處女座的人要多讓步。』占星都這麼說了，就讓他一下如何？」

「呵，尾崎也是處女座的喔。」今村苦笑，「而且我們是同月同日生。」

「咦？真的假的？」今村竟然連這種事都知道，雖然大西覺得他有點好笑，但她也驚覺一件事——她自己也曾經查過哪些名人和自己同日生，這麼一想就不難理解為什麼今村會這麼在意尾崎了，或許是出於這種同伴意識吧，而也正因如此，今村對於雙方比較的結果顯得尤其敏感。

他們走著走著經過一間便利商店，大西突然說：「有點餓了。」提議買零嘴，今村也贊成，兩人一路穿過停車場來到自動門前，正要走進店門卻停下了腳步，因為他們發現店裡有個熟悉的臉孔。

「咦？」先出聲的是今村。

「啊！是那女的！」大西一看店內馬上就曉得了。那苗條的體型，一頭短髮，正是上次撥電話到尾崎家的那個娃娃臉女孩。

「男生大概都無法抗拒這種女孩吧。」大西再度脫口而出。

「怎麼在這遇到，真巧。」今村訝異不已。

「我看不是碰巧哦。」大西努了努下巴指向店門旁的停車處，那兒停了一輛黑色轎車，車款似曾相識，車牌卻是非常熟悉的號碼，正是今村前往監理所取得文件上寫著的車號。

「啊，那輛車！」今村說。

「是那男的車。」大西點點頭。

「他們看上去感情很好呢。」今村茫然地看向店裡。

娃娃臉女孩正在收銀臺前等結帳，緊挨著她的是一名高個男子，頭髮好像燙過，一頭波浪層次的鬈髮顯得很優雅，而且可能有曬日光浴的習慣，一身健康的小麥色肌膚。

「那個男的，不是落合修輔吧？」

「不，搞不好就是。」今村話聲剛落，那對男女即步出了店門。

大西連忙扯著今村的手臂，兩人旋即背過身。只聽見身後自動門打了開來，女孩說了些什麼，男子回她話，接著是車門打開關上，引擎才剛發動，車子旋即駛過大西兩人身旁，消失在馬路的另一端。

那個女孩和落合修輔是什麼關係？大西望著車子遠去的方向一邊思考著。

就在這時，手機響了，今村慌忙掏出手機按下通話鍵。

「啊，你好！」今村的聲音在停車場中迴蕩，「上次那個車牌號碼，果然如同黑澤先生所說，我順利取得對方的資料了。只不過，現在狀況又更複雜，我愈來愈搞不懂了……」

「所以說，我們兩個被耍了？」今村從後座探出頭問坐在駕駛座的黑澤。

不久的剛才，黑澤人還在仙台市北部的高級住宅區進行探查，偶然想起今村，擔心他是否順利從監理所取得資料，便撥電話過來問候一下。「黑澤先生簡直是今村的監護人嘛。」大西原本只是開個玩笑，沒想到黑澤卻點點頭，「確實很像呢。」他說：「而且在電話裡聽到他說的事，又更擔心，忍不住就過來接你們了。」

黑澤特地繞過來便利商店停車場和兩人會合，「上次讓你們送我回去，今天換我送你們一程吧。」

黑澤將車子停進停車場，大西與今村決定先向黑澤說明目前的狀況，於是上了車。

「我想那女孩倒不至於故意耍你們吧，她只是撒了謊。」

「她嘴上說落合修輔糾纏她，其實兩人親密的很呢。」大西吐了吐舌頭。

「她為什麼要說謊呢？」今村很不高興，「騙我很好玩嗎？」

「她並沒有要騙你。你想想，一開始那女孩是撥電話去尾崎家喔，就算她存心騙人，要騙的也是尾崎吧。」

「這麼說也是。」今村立刻就接受了。

「不過話說回來，究竟是怎麼回事？」大西將整個來龍去脈回想了一遍，仍是一頭霧水。女孩打電話去尾崎的住處求援，至於兩人怎麼會認識，根據女孩的說法，是因為她之前遭男子糾纏時，尾崎出面救了她。

「我想，尾崎救了女孩應該是真有其事。」黑澤肯定地說：「只不過，當時那女孩並不是被來路不明的男子糾纏，而是不巧和落合修輔起了口角吧。」

「可是尾崎誤會了？」

「大概是他的正義感太強，沒想太多就衝上前了。」

大西看向駕駛座，只見黑澤的右手指撫著方向盤。

「如果是這樣，為什麼女孩還要特地打電話去尾崎家叫他出來呢？」大西想起那天晚上的電話留言。

「可能是想叫他出來，然後設局騙他吧。」黑澤說。

「設局？」

「好比威脅他把錢交出來；或者讓女孩誘惑他，等他一上鉤，那男的立刻現身說：『你好大的膽子，竟敢動我的女人！』之類的。」

「都二十一世紀了，仙人跳還行得通嗎？」大西忍不住問出口，這種手法實在太老套了。

「年輕女孩送上門，大部分的男人都沒有抵抗力吧。」黑澤話是這麼說，但臉上卻是一副自己絕對會抗拒到底的表情。

「也對啦，那女孩本來就生得一張會讓男人很想把她捧在手心疼愛的臉蛋。」大西莫名湧上一股怒氣。

「黑澤先生講得好像你親眼目睹似的。」

「因為做小偷就是從說謊開始呀。」黑澤靠著椅背，直直地望著前方，「所以別相信我說的話。」

「可是我不記得自己說過什麼謊，也成了小偷呀。」

大西看了看手表。太陽已貼近西方地平線，四下一片昏暗，夜幕即將開啟。她將額頭貼上右側車窗，遠遠望著那間便利商店，不禁覺得，一天竟然一眨眼就過去了，「怎麼這樣……」大西感慨了起來。我的一天就這樣一眨眼過去，而由這一天一天累積而成的一生，終究也是這麼一眨眼就過去。

「啊，對了，忘了買零嘴。」今村想起他們來便利商店的目的。

大西的肚子緊接著有反應，小聲地咕嚕了一聲。「對耶，你去買點什麼來吧，我要法式清湯口味的洋芋片。」

「法式清湯，是吧，了解了解。」今村輕快地說：「黑澤先生呢？你要什麼口味？」

「我不用了。」黑澤只是淡淡地說：「我不喜歡吃零食。」

「沒有零食的人生多可憐吶。」大西脫口而出。

「那我去買一下，馬上回來。」今村抓了錢包便跳下車。

一會兒之後，駕駛座傳來黑澤的嘆息。

「又把你拖下水了，真是抱歉。」大西先道歉再說，「上次也是這樣，他好像和黑澤先生聊過之後，心情真的會比較平靜一點。」

「本來事情就不是和我無關吧。」

「和你有什麼關係？」因為是同業？大西不明白。

「只怪我當初多事。」

「喔，因為尾崎的地址是黑澤先生告訴他的吧。」大西想起來了，「不過你竟然會為了這種事放不下，黑澤先生，你果然是個好人嘛。」

「不是。」黑澤說話的語氣，與其說是害羞，更像是打從心底擔心被誤解，「我不是什麼好傢伙。」

「因為職業是小偷？」

「嗯，也是吧。」黑澤說：「只要有人當小偷，就表示有人因而受害，無論再怎麼辯解，有人受害是不爭的事實。雖然我盡量讓對方的痛苦降到最低，但以結果來說……」

「以結果來說？」

「我其實不太在乎對方的下場如何。」

「真的嗎？」但至少大西從今村口中聽到的黑澤，並不是一個漠視他人情感的人。聽到大西這麼說，黑澤自嘲地笑了，「我啊，會漠視他人哦。」他說得很乾脆：「我在意很多事，但到最後只覺得『所以呢？那又如何？』我對他人的關心只到這種程度。」

黑澤說完便陷入沉默，車內寂靜的空氣中飄浮著緊張感。大西望著窗外，開始感到坐立難安。今村怎麼不快點回來呢？慢吞吞地幹什麼嘛。

「妳為什麼會和他交往？」冷不防，黑澤開口了。

「你問話還真唐突。」大西有些嚇到，接著她捫心自問，拚了命思索答案，「就……自然而然吧。」結果是嘴比腦子動得快，「兩個人自然而然就在一起了。」

她還想加一句——在他沒讓我看到長頸鹿之前，應該會一直交往下去吧。

「自然而然……啊。」黑澤的口氣仍是一派淡漠，這反而讓大西有股錯覺，覺得黑澤好像在追究她的出軌，她連忙補充：「啊，不過我很喜歡他哦，那是當然的。」但聽起來更像辯解。

「我不是想調查什麼。」黑澤笑了，「那小子是個怪人，我只是很好奇在他身邊的妳是以什麼樣的心情和他交往。」

「會怪嗎？」大西以疑問句說出口，又修正說：「也對，很怪。」她說：「該說是天才還是笨蛋呢？」

「是天才還是笨蛋呢……」黑澤也吟誦似地重複同樣的話。

「他有一股很強的傻勁。」

「是啊，那小子很強的。」

「我不是在抱怨還是說他的壞話喔。」

大西想起前一天剛見過面的今村母親，看到她那大剌剌而精力充沛的模樣，今村個性會這樣應該是血緣的關係。「不過也沒什麼要抱怨的，和他相處很輕鬆，所以能夠一直在一起吧。像半年前，他跑去做健康檢查，只是得知身體一切健康，也能開心個老半天呢。」

不過話說回來，健康檢查和闖空門這兩件事兜在一起，總覺得說不上來哪裡不對勁。

「不，那小子其實心裡很苦。」黑澤的聲音帶有一絲寂寥的質感，令大西感到很意外。

此時，車門開了。

一臉興奮的今村拎著便利商店塑膠袋坐進後座，「我回來了。」他開心地把一袋零嘴遞給大西說：「來，妳的。」其實買回來的東西並不多，車內卻有種被零食袋占據的感覺。今村自己也抓了一袋粗魯地打開，而大西彷彿被傳染似地，也跟著打開袋口伸手進去。

「好像很美味呢。」黑澤半開玩笑地說。

「不不，是真的非常美味哦。」今村一口接一口地將洋芋片塞進嘴裡粗暴地嚼著，發出宛如廢棄車工廠傳出的咔嗞咔嗞聲響。雖然這是正確的吃法沒錯，但一旁的大西不禁替他擔心，要是碎屑掉到黑澤車上怎麼辦，而且今村還一邊抓起零食一邊說：「potato chips是複數形，所以這一片一片的應該要叫做potato chip，對吧。」淨講些莫名其妙的事，這個少根筋的小子果然很怪，除此之外大概沒別的形容詞了。

「啊，這包不是法式清湯口味嘛。」大西抓了一把洋芋片放進嘴裡吃完之後才察覺味道不對，她拿起包裝袋一看，上面大大地寫著「鹽味！」雖然不明白有什麼道理要在語尾加上驚嘆號，很確定的是，這包並不是法式清湯口味。

「法式清湯和鹽味吃得出差別嗎？」駕駛座上的黑澤笑了。

今村看了看自己手上那袋洋芋片，吐了吐舌說：「這包才是法式清湯。」而他的舌頭上還黏著沒吞下去的洋芋片碎屑，看上去有點噁心，「抱歉、抱歉。」今村慌忙將整包遞到大西面前。

大西愣了愣，「一腳踹飛你喔！」反正先罵人再說，罵完才交出自己手上這一袋。只不過，當今村伸手來拿，大西又縮手不給他了，「還是算了。」

「算了？」

「剛剛吃了一口，沒想到鹽味的也很好吃嘛。」大西坦白地說出感想，沒想到今村登時動也不動，或許是難以置信吧，他定定地看著大西。

「沒騙你啊。」大西扯了扯鹽味洋芋片的包裝袋，大聲地說：「我本來的確是想吃法式清湯口味，可是鹽味的一吃下去又覺得很好吃嘛，或許拿錯了反而好吧。」

今村仍是死命盯著大西，不發一語。

「幹麻啦？」

「不……」

「怎麼，不服氣嗎？」

「不是，不是那個問題。」今村一邊說，眼眶溼了起來。

大西嚇壞了，皺起眉頭問：「怎樣啦？」

黑澤也察覺了，只見他透過照後鏡默默地看著今村。

今村的淚珠撲簌簌地不斷落下。

「喂，幹麻哭啦？這麼想吃鹽味的喔？好了啦，又不是多嚴重的事……」沒必要哭吧。——大西心想。

今村什麼也沒說，只是抽抽噎噎地哭著，一邊抓起自己手中零食袋裡的洋芋片放進嘴裡。邊哭邊嚼的零嘴不可能好吃吧。

「你看啦，黑澤先生！這人真的很怪耶！」

9

「你們幹什麼！」落合修輔打開玄關門，脫了鞋，穿過走廊，一踏進屋裡，看到神情自若地坐在自己家中的大西和今村，當下大叫出聲。他的口氣是憤怒的，但顫抖的聲音卻夾雜著恐懼，而那個娃娃臉女孩就站在落合修輔身後，也是一臉訝異。

「為什麼你們會在我家！」想當然他會問這個問題。

大西兩人搭黑澤的便車駛離便利商店之後，一來到落合修輔的住處外頭，剛好看到落合修輔和女孩外出，今村和大西便趁隙潛入他家。

「一切都是湊巧嘍。」今村不疾不徐地說：「湊巧我們經過這棟公寓前，看到這間房沒上鎖，心想真危險吶，於是特地留下來幫你看家，如此而已。」

大約一小時前，今村在黑澤的車內莫名其妙落淚的情景彷彿不曾發生過，這時的他不曉得在開心什麼。

「怎麼可能沒上鎖，我鎖好門才出去的！」

落合修輔手上拎著影音出租店的袋子，剛才應該是去附近租片。

「那麼就是在我們進來之前，不知哪來的小偷進來過嘍。」

他們本來打算按照預定計畫塗上血字，今村卻突然嫌麻煩而作罷。大西問他，不用靈異那招真的沒關係嗎？今村只是很乾脆地說不用了，反正也忘了準備血液，結果就是這種狀況。

「你們開什麼玩笑！我叫警察了。」落合修輔忿忿地說。

「叫警察嗎？」今村將手中的玻璃杯湊到嘴上，杯裡裝的是在廚房冰箱發現的咖啡牛奶。大西心想，沒有比這個玩笑更惡劣的了。

「我們只是幫你看家，順便休息一下，這樣就叫警察來算什麼，枉費我們一片好意。」

落合修輔滿臉脹紅，睜大雙眼命令女孩：「喂，打電話叫警察來。」

「為什麼？」女孩一臉困惑。

「別管那麼多，去打電話就是了。」

「話說回來，你們兩個又是怎麼回事？解釋一下吧。」今村喝光杯裡的咖啡牛奶，指了指落合修輔兩人，他們仍站在房子的入口處。「妳不是向尾崎求救嗎？撥了電話去人家家裡，說之前那名男子一直糾纏妳，但這位就是當時開車的人吧？這樣很奇怪耶，所以是妳說謊嘍？」

「嗯嗯，絕對有鬼。」大西使勁地點頭，「反正你們一定是在打什麼主意啦。」

落合修輔與女孩對看一眼，露出凶狠的神情。

「我看你們把尾崎叫出來，要不就是想狠狠修理他一頓，要不就是假裝向他求助再騙他上鉤，對吧。」今村把先前黑澤的推測講了一遍，講得像是自己猜到似的。

「你說夠了沒！」落合修輔氣呼呼地似乎想出言反駁，卻突然低下頭胡亂搔了搔頭髮，說：「囉哩八唆的，煩不煩吶。」

大西看到他的反應，說：「雖不中亦不遠矣，對吧？」她當場驕傲了起來，「你們打什麼算盤，我們一眼就看穿了。」

今村把玻璃杯放到地上，「好吧。」他緩緩站了起身，地板發出「嘰」的聲響，只見他一步一步朝落合修輔走去，「竟敢瞧不起我的尾崎，不能原諒。」

什麼「我的尾崎」啊，太誇張了吧。——大西忍不住想糗他。

「我們只是想捉弄他一下罷了。」這時，一直沒開口的女孩臭著一張臉回道：「那男的一副自以為是正義使者的樣子，噁不噁心啊！」

「尾崎是運動員，本來就剛正耿直，看到女孩子有難當然會挺身相救。」今村的語氣簡直像是尾崎的摯友站出來說話。

「棒球選手又怎樣？」落合修輔一臉不屑的神情，「聽都沒聽過，什麼選手啊，站哪個守備位置？哪一隊的？」

「人家可是現役的選手哦。」

「反正一定是小角色，對吧？」

「囉唆！」今村突然放聲大罵，伸出左拳朝落合兩人身旁的牆面使勁捶了一拳，狹小的套房因而劇烈地晃動，「你們當尾崎是什麼！」大西望著大聲怒吼的今村的側臉，那是她從未見過的可怕表情。

「冷靜一下、冷靜一下。」大西慌忙站起身，有點丟臉地撫著今村的背拚命安撫。

大西完全不明白今村為什麼突然如此激動，就算落合修輔說話狂妄，還不至於讓人真的動怒。

今村的肩膀隨著呼吸上下起伏，大西不斷撫著他的背，看上去慢慢平靜了一點——但只是看上去而已，鬆了口氣的大西手才剛離開今村的背，他又突然爆發，這回是迅速朝旁邊一個小型的彩色收納箱一腳踹去，箱子裡的漫畫、ＣＤ、還有原本不知整束收在哪裡的明信片之類的東西飛散一地。

「現在是怎樣？」大西也被今村的舉動嚇到了。

「我不知道怎麼辦嘛。」今村像在耍賴，「搞不清楚了啦。」

大西心想，搞不清楚的是我，好嗎，落合修輔和女孩一定也是這麼想。

大西呆立原地，一時之間說不出話來。落合修輔和女孩或許是看見大西的反應，兩人嚇得縮成一團，他們應該也發現苗頭不對了吧，因為連同夥的大西都嚇得啞口無言，狀況顯然不尋常，而且正逐漸演變成危險的事態。而事實上大西看在眼裡也有不好的預感——這是個不尋常的狀況，而且將演變成危險的事態。

「好了好了。」大西又再摸了摸今村的背，一邊瞪向落合修輔和女孩，「總之你們兩個好好地反省，不准再動歪腦筋騙尾崎了，知道嗎？」大西話說得有點快。不管了，現在重要的是趕快收拾殘局。簡直像在調停小孩子吵架。

「我才要警告你們，不准再來糾纏我們了。」落合修輔雖然被嚇得有點恍神，還是頂了一句。

而大西現下只擔心今村的狀況，落合修輔和女孩的事之後再說吧。「好，不准再犯了，要是你們還敢亂來，我們會再上門來一腳踹飛你們喔！」大西粗暴地再次警告兩人之後，便拖著今村往玄關移動，她取出先前藏在鞋櫃裡的鞋子讓今村穿上，拉著他走出了公寓。好了，動作快，對，小心走好喔。——大西一邊出聲叮嚀今村，有種自己當了媽媽的感覺。

「如何？」回到停在公寓前的車子裡，黑澤回過頭問後座兩人，手邊有一本看到一半的文庫本攤著，「好好教育那兩名年輕人了嗎？」

「嗯，算是吧。」大西點點頭，接著推了一把今村的肩，「可是這個人突然大吵大鬧，事情變得有點莫名其妙。」

黑澤只是默默地看著今村。

「對方講尾崎的壞話，他就生氣了。」大西說完心想，其實那又不算壞話。「我說你呀，是尾崎迷，對吧？而且相當狂熱？才會一時失去理智？」她還想說，因為你和他之間有著同日生、同為處女座的緊密關聯，是嗎？

他們回到車上後，今村逐漸恢復平靜，雖然應該不是見到了黑澤的緣故。只見他像是小孩子想掩飾自己的失態，氣呼呼地噘著下唇，接著將擺在座位後方的袋裝洋芋片拉到身邊，自暴自棄地大口將洋芋片塞進嘴裡。

「我送你們回去吧。」黑澤沒問今村發生了什麼事，兀自轉動車鑰匙，車子彷彿發出「換我上場了！」的歡呼，車身震動著。

天色完全暗下來了，車子輕快地奔馳在街上。

「黑澤先生。」途中，坐在大西身旁的今村突然開口了，含糊的語調聽起來也像在說夢話。他閉著眼，額頭抵著車窗說：「黑澤先生，我該怎麼辦……」

「怎麼了？」黑澤的聲音聽不出是溫柔還是魯莽。

「活著……好難受。」

大西聽在耳裡，想起一年前打算從大樓屋頂跳樓自殺的自己。當時撒謊說：「我騎長頸鹿去找妳！」前來拯救自己的今村，那股強勢不知到哪兒去了，真不可思議。

「是哦，很難受啊。」黑澤說。在這種時候，黑澤沒有接著說出「大家也都不好過喲。」這種話，大西覺得他很了不起。

「我真的好難受。」

「你很了不起喲。」

「沒那回事。」

「你們到底在講什麼？」

「我該怎麼辦才好呢？」

「不怎麼辦就很好了呀。」

大西一邊聽著黑澤的回答，覺得眼皮重了起來。好睏吶。她沒多久即進入了夢鄉。

10

車子抵達公寓門口，黑澤叫醒兩人。看來今村在路上也睡著了，只見他揉著眼睛喃喃說：「到了啊。」

兩人下了車，目送黑澤離去之後，湧上的不是成就感，而是宛如千斤重的疲憊。他們踏著沉重的步伐往自家移動，一上樓，就看到今村的母親站在樓梯口，大西不禁失笑：「幹麻突然冒出來啊。」

「媽！」今村大喊。

「我說你啊，電話也不接，這樣磨磨蹭蹭的也不是辦法，我乾脆直接殺過來了。」

「妳怎麼知道我住這裡？還有，妳等多久了？」

「之前有一次你不是叫宅急便把你的行李送回老家嗎？你看，託運簽收聯在這兒呢。」今村母親揮了揮手上皺巴巴的簽收聯，看得出紙片相當陳舊。「那種東西妳居然一直收著！」今村訝異不已，大西也差點沒說出同樣的話，但她卻是出於訝異以外的另一種情緒。

「我呀，年輕時可是常跑去男友家門口堵人的，等兒子回來這種事都算小意思啦。現在的說法就叫跟蹤狂吧。對，跟蹤狂。」

「不要和自己的兒子講這種事，好嗎？」今村都快哭了。

「初次見面——」今村母親衝著大西笑，把兒子的抱怨當耳邊風，相當會裝傻。

「您好，初次見面。」大西也很配合地報上自己的名字，明明前一天兩人才聊了一堆事，今村母親卻劈頭問今村：「喂，這位小姐和你是什麼關係？」然後開心地看著一臉狼狽說不出話來的兒子。大西也很好奇今村會怎麼回答，樂得閉著嘴沒打算幫腔，過了一會兒，今村才勉強擠出回答：「什麼關係啊……，就是……不錯的關係啊。」

「也有肉體關係。」大西立刻接口，今村母親聞言哈哈大笑。

今村母親看了一圈兒子的住處，似乎也想多待一會兒，但她也很坦白地說：「這麼髒亂的地方不好說話吧。」提議一起去居酒屋聊聊。

「可是媽，我很累了。」話雖如此，今村最後還是同意了，一定是沒辦法拒絕許久未見面的母親吧。「若葉，妳還有力氣去居酒屋嗎？妳也累了吧？」今村反而是擔心大西。

「沒問題、沒問題。我是很累，但為了你就打起精神奉陪到底嘍。」

三人在居酒屋的榻榻米席上痛快地喝酒配油炸點心，熱烈地聊著今村小時候的事，雖然全是他的烏龍事，而且當中好幾則前一天已經聽過了，但別人出糗的趣聞不管聽幾次都很滑稽，大西也樂在其中。

「媽，別光提我出糗的事，也講一些我做過的好事嘛。」今村對著坐在對面的母親說。他兩杯啤酒下肚，臉就紅了，話都講得不清不楚。

「有的話我當然會說啊，如果有的話。」今村媽媽毫不留情地回道。她已經解決掉好幾杯啤酒，接著擴展到日本酒，臉色卻和沒喝酒時一模一樣，完全沒變紅。大西心想，這對親子體質還差真多。今村母親彷彿看穿大西的思緒，搖了搖頭說：「這孩子的爸生前也是個酒豪，忠司酒量卻這麼差，不知道是隔代遺傳還是怎麼著。」

今村早醉了，而且大概是太累，開始迷迷糊糊嘟囔著莫名其妙的話：「會喝酒了不起嗎？」沒多久便趴在桌面睡得死死的。

大西心想應該快十二點了，一看時鐘，沒想到才九點左右。她轉頭看向店內架高的電視，正在轉播棒球賽。

「他小時候打棒球嗎？」大西望著發出鼾聲的今村一邊問道。她將毛豆放進嘴裡，吃下豆子吐出殼來。

「嗯，也沒多熱衷啦，小學曾經加入地方棒球隊，打了一陣子。」

「是王牌打擊手嗎？」

「怎麼可能，能打第二棒就要偷笑了。」今村母親說著笑了。

「嗯嗯，感覺得出來。」

「不過其實他很認真，打得很好哦。」

「嗯嗯，感覺得出來。」大西又說了一次，接著低聲問：「他很崇拜尾崎選手嗎？」

「尾崎？」今村母親皺起眉頭，沉默了好一會兒才回道：「喔——，那個尾崎，打職棒的嘛。」

「對對，打職棒的。」大西指了指電視。

「忠司一直很支持他哦，嗯。」彷彿過去的記憶突然甦醒，今村母親一面點頭一面自言自語著：「沒錯沒錯，是有這回事。」接著說：「他是我們老家那邊的明星球員，對忠司而言，也是宛如Hero的存在喲。棒球Hero啦。」

「棒球Hero」這種叫法有種和洋折衷的廉價感，念起來腔調也很彆扭，大西不禁覺得好笑，「所以他果然是尾崎迷嘍。」

大西的手又伸向那碟毛豆，也不是真的想吃，應該算是習慣性地伸手去拿吧。大西心想，只是因為習慣性而被吞下肚的毛豆也很無奈啊。

今村母親的右手朝生魚片伸筷，視線則落在兒子身上，嘆口氣道：「不過啊，尾崎最近好像都沒能上場啊。」

「好像是呢。」大西也回道。

「前陣子他在我們地方的電視頻道出現了一下，看上去沒什麼精神。」

「是哦。」

「他在高中時代可是所向無敵呢。」據今村母親說，尾崎在那次電視採訪裡語帶自嘲地說：「那時候覺得自己沒有辦不到的事，以為自己是萬能的」。

自怨自艾啊。大西感到一絲嫌惡。

「唉，聽說他是不得教練歡心才沒辦法上場。」

「您對內幕很清楚嘛。」大西半開玩笑地說。

「那是因為尾崎母親的娘家就在我們鎮上，雖然不至於成立尾崎後援會，還是有熱情的支持者，話就是那個人傳出來的，他說都是教練在搞鬼，不過畢竟是道聽塗說啦。」今村母親說到這，朝著經過的服務生確認：「我現在換成喝到飽（註）可以嗎？」

「沒辦法耶。」服務生很乾脆地拒絕了。

今村母親感慨地說：「這世上盡是些沒辦法的事啊。」

「咦，是嗎？」大西問。

「妳不知道嗎？全是一些沒辦法的事啊，這世界就是這樣。」

「不是啦，我是說尾崎選手的母親。」

「喔，那廂啊？對呀對呀，她是我們鎮上的人，大我一輪，印象中她結婚之後，只有生孩子的時候回我們那兒，我跟她不熟啦。」今村母親拿起兒子手邊的啤酒杯，一口喝乾今村喝剩的酒。「而且她去年過世了，和我們這個小鎮的緣分更薄了。」

「過世了？誰？」

註：日本有些居酒屋點飲料時可選擇一般單點計價或是喝到飽，後者通常限定時間為兩小時。

「尾崎的母親，聽說她那個不太好。」

「不太好？什麼東西？」

「心臟啊。」

大西瞄了一眼電視畫面，當然，站在打擊位置的不可能是尾崎。螢幕裡，一名沒見過的外國選手正大力揮出球棒，揮棒落空。

「我聽說他和尾崎選手是同一天生的？」大西不經意想起今村常提到這件事。

「啊，對對對，是同一天吶，很有趣吧。」今村母親以筷子靈巧地抄起生魚片上的配菜，沾了醬油放進嘴裡嚼得清脆有聲。

「明明是同一天在同一間醫院出生的，怎麼差這麼多。」

「什麼？」因為今村母親邊吃東西邊講話，大西沒聽懂她說什麼，於是今村母親又說了一遍，這時大西的腦中突地有個什麼閃現，今村在尾崎住處裡看著漫畫的身影與黑澤的聲音迅速通過腦海。今村母親繼續悠哉地東扯西聊，但大西幾乎沒聽進去。

三人離開居酒屋後，走在路燈夾道的小巷裡，大西攙著醉得歪歪倒倒的今村，一旁今村母親開口了：「咦？妳今天不脫嗎？」

「脫什麼？」

「昨天我們喝完回家的時候，妳不是把高跟鞋脫了赤著腳在路上走嗎？然後還不知道打哪兒弄來一支傘扛到肩上，高跟鞋就掛在上頭。」

「喔……」大西完全不記得了，不過自己的確常做這種事，「今天可能還沒醉吧。」

「妳只有喝醉才會脫鞋？」

「嗯，腳一熱起來，就覺得鞋子很多餘。」

「很隨興呀，很好很好。」

「您這是第一次稱讚我呢。」

「妳發酒瘋的時候，忠司通常怎麼說？」

「和他一起出門喝酒，他都會帶著鞋袋預防萬一呀。像小學生用的那種（註）。」

「雖然是我兒子，還真伶俐呢。」說著這句話的今村母親似乎很開心，「不過，妳

註：日本的小學一般規定在進門時需換上室內鞋，所以小學生上學時除了背書包，還需要帶一個裝鞋子用的袋子。

今天怎麼不多喝點？」

「我等一下還要繞去一個地方。」大西坦白說。她打算把今村送回公寓之後，去找黑澤一趟，反正只要拿今村的手機查一下就知道黑澤的聯絡方式了，而且，黑澤應該不介意碰個面吧。

11

位於仙台車站正東方的棒球場幾年前曾改建過，現在的球場與大西記憶中的模樣有著天壤之別，漂亮多了，可能是為了搭配本地球團的代表色，座位與圍牆清一色漆成藏青與淡藍。大西一行人趕在夜間六點的比賽開始前到達球場，太陽逐漸西沉，那青色顯得分外耀眼。

由於本地球團最近表現出色，再加上此場比賽對手是活躍於東京的人氣球團，全球場座無虛席。第三局下半，雙方均掛零，戰況愈見激烈。

「坐外野席看球賽真是太讚了！像在看廟會似的。」大西右鄰的今村坐是坐著，卻一直靜不下來，他稍稍探出身子，指著投手踏板兀自念著：「對方投手是今年剛進職棒的新人哦，真厲害。」
「你們年輕人看球賽還找我一起來，真的沒關係嗎？」今村母親坐在今村的右手邊，她今天穿了一件與上次約碰面時不同款式的上衣，但還是很像囚衣。
「這是謝禮。」大西越過今村對她說。
「謝禮？謝什麼？」
「這件襯衫吶。」大西拉了拉自己身上藍襯衫的衣襟。
「不過妳是哪根筋不對？怎麼突然約大家出來看夜間球賽？」今村問大西。
「不想來嗎？」
「不是不想來，只是太突然了吧。」
大西瞥了一眼坐在自己左手邊的黑澤。
「剛好有票嘍，想說看看也無妨。」黑澤淡淡地說。
前排座位的幾名中年男子一身西裝打扮，看來是下班後直接過來看球賽，他們一口喝光紙杯裡的啤酒，興奮地喧鬧著。
「話說回來，沒想到忠司還認識這麼優秀的朋友吶。」今村母親歪著頭看向黑澤，感歎地說。她大概是在來球場的車上看到黑澤的言行舉止，突然有感而發吧。

「我並不優秀啊。」黑澤緊抿著嘴角，臉上不見高興的神色。

「媽，什麼事都難不倒黑澤先生哦！」今村像是少年炫耀自己的優秀友人似地十分得意，接著說：「還有另一位前輩也非常照顧我，我很想讓妳見見他呢！」

「你是說中村先生？」大西低聲一問，今村便笑著說：「沒錯，就是中村專務。」或許他也知道這時候不好直呼中村「頭目」吧。大西很想說，沒讓他們碰面才是正確的，還是忍下來了。

這樣啊，那下次有機會來見個面吧。——今村母親回道。

「尾崎依舊沒上場耶。」

五局下半結束時，今村母親說了。她說這話當然沒有特殊含意，語氣中也不帶絲毫落寞，但當大西聽到這再單純不過的感想，她發現自己繃緊了臉。

「媽，妳也想看尾崎上場？」

「想看呀，再怎麼說他可是我們地方上的明星球員嘛。」

「那我和他，妳想看誰？」

「你這孩子，問這什麼笨問題啊。」

在他們母子身旁的大西整個人坐立難安，接著，又聽到今村問母親：「妳想當明星球員的媽媽嗎？」大西不禁目不轉睛地盯著他看。他的表情既不像在鑽牛角尖，臉頰也沒有隱隱抽動，只是很平常地，一臉悠然自得而直率。大西吸了一大口氣要自己冷靜下來，空氣在鼻子深處咻咻振動著。

「明星球員的媽媽呀……」今村母親只是一副沒什麼興趣的樣子，含糊地應了聲。

「今天搞不好會出場哦。」黑澤仍一派冷靜地開口了。

「出場？什麼？」今村探頭越過大西看向黑澤。

「尾崎呀。」

「真的假的！」

「雖然只是我的直覺。」

「黑澤先生的直覺很準的！」

但大西很清楚，並不是他的直覺準，而是他讓他的直覺變準的。

大前天晚上，大西突然去找黑澤，當時黑澤坦承：「我打算讓尾崎站上打席。」兩人見面的地點是黑澤指定的，那是一間營業到深夜的速食店，即使身邊滿是用餐的人，黑澤說話時並沒有壓低聲音，而且他似乎早在大西開口前就曉得她的來意。

「讓他站上打席？怎麼做？」

「其實剛才，我又跑回那間公寓。」黑澤說「那間」的時候，手指向某個遠處，「就是你們剛去過的。」

「落合修輔的住處？去做什麼呢？」

「我想應該能利用一下。」

「利用？利用什麼？」

「利用落合修輔和女孩。」他說：「對付行事衝動的年輕人，通常只要威脅一下、施點小惠，意外地都會乖乖聽話。先前聽你們的描述，我覺得那對男女應該很好利用。」

「你對他們做了什麼事？」

黑澤所言如下：他重回落合修輔的公寓，再次打開門鎖闖了進去。當時落合和女孩正在被子上褪去彼此衣物準備相擁，看到突然冒出來的黑澤，兩人嚇得彈了起來。「也不能怪他們，突然有人冒出來確實很恐怖。」轉述給大西聽的時候，黑澤自己也語帶歉意地說著。

在毫無防備的情況下遇襲的兩人驚恐萬分，黑澤隨口扯道：「我是剛才那兩個年輕人的大哥，就算他們原諒你們，我這關可過不了。」兩人非常乖巧地聽著。黑澤繼續說：「本來呢，我來是想好好教訓你們一頓，不過今天是黃道吉日，早上電視的占卜也說我『今日要溫柔待人』，所以我決定特別通融，給你們一次機會。」

「機會？」大西一臉詫異地看著黑澤。

「我要他們去色誘那個職棒教練。我事先查出那個教練在仙台固定投宿的飯店，反正那個人性好女色是眾所皆知，這麼一來，就只缺一名女騙子了，所以我把這個重責大任交給那個女孩。」

「你把教練推給女孩？」還是該說「把女孩推給教練」？

「我要她去飯店找教練，就自稱是球迷。教練可能多少會起疑吧，但我估計有八成的可能，他會讓女孩進房間。其實我之前也曾目睹他這麼幹過。」

「那，進房間之後呢？」

「飯店房間的門鎖對我來說不成問題，所以我會緊盯著那決定性的瞬間衝進房間，拍下照片當證據，然後放走女孩，再拿那些照片威脅教練。」

「『你如果不想讓事情曝光，就讓尾崎出場。』你要這麼威脅他嗎？」不會吧？——大西忍不住想自問自答。

「正確來說，我打算告訴他的是，『下次比賽，當出現可能逆轉情勢的機會，就讓尾崎上場代打』，不然讓尾崎站上不痛不癢的打席也沒意義吧。」

「天吶……」

「對教練來說，這條件並不困難，給出一個打席就解決了。只要讓尾崎上場代打，既不用花錢，也保住了名譽，他要做的事只有對著主審說一句『換代打，尾崎上場。』毫無風險，雖然可能會招來些許抗議，比起把女球迷拉到房間床上脫掉人家衣服的照片在外流竄，應該還是乖乖照辦比較好吧。」

一時之間，大西覺得頭有點暈，彷彿暈船很不舒服。對於眼前的黑澤，她頓時改觀，這個人其實是如此危險而冷酷。「你逼她去做的是一件相當危險的事，你知道嗎？」

說實在話，她壓根不在乎那個娃娃臉女孩會怎樣，但即使如此，黑澤的作法也太亂來了。

「男方當然反對，女方一開始也不願意，我就威脅之後，再利誘說會付酬勞，最後兩人都點頭了，他們好像以前也幹過類似仙人跳的勾當。」

「都二十一世紀了，仙人跳還行得通嗎？」

「那種娃娃臉的女孩，其實滿多男人喜歡的。」黑澤苦笑，「打鐵趁熱，明天就下手。」

「沒想到黑澤先生這麼奸詐，真恐怖。為達目的，不在乎別人死活。」

黑澤只是面無表情地點點頭道：「之前我也說過了，就是這麼回事。」

某種程度來說，大西能夠理解黑澤為什麼不惜使出低劣手段也要讓尾崎站上打席，因為那與她特地前來找黑澤確認的事肯定脫不了關係。

「其實……」大西才剛開口打算切入正題，黑澤便搶先說了：「一九五七年到一九七一年之間，三十二起。」

「什麼事情？」

「某項調查統計抱錯嬰兒事件的件數。」

「啊……」大西的聲音帶著紊亂的喘息。果然，自己猜的沒錯，但比起喜悅，她心中感到的是更多的愕然。

「為什麼……？」大西問黑澤。

「日本戰後，孕婦大多在自家生產，接下來那幾年，產婦開始漸漸轉往醫院分娩，造成生產數與醫護人員的人數不成比例，嬰兒一個接一個出生，醫院方面卻人手不足，忙亂成一團。在那樣的時代背景下，抱錯嬰兒事件便發生了，三十二起。這個數字只代表被發現的案例，實際上發生的件數恐怕不可考了吧。」黑澤說。

「可是，他出生的年份離那個年代又晚了很多年啊？」

「那小子老家小鎮的狀況也不相上下，當時許多孕婦集中在同時期分娩。雖然我不喜歡『命運的捉弄』這句話，不過，大概就是那樣吧。」

大西一聽，腦海裡反芻著今村的母親在居酒屋說過的話——「明明是同一天在同一間醫院出生的，怎麼差這麼多。」她還微笑著說：「當時那廂的媽媽也回我們那兒生產，我是後來才曉得的，當我在待產室裡痛得哇哇叫的時候，隔壁床生出來的就是那個尾崎哦，很有意思吧。」

「他是怎麼知道的？」

「血型。」

「健康檢查？」大西想起今村半年前去做了檢查。

「他檢查之後才知道自己的血型，接著便發現自己與父母的血型組合兜不上，安心起見，他安排母親做健康檢查，確定了她是ＡＢ型。母親是ＡＢ，那小子自己卻是Ｏ型，這樣無論父親是什麼血型都說不通了，雖然可能有例外吧，不過總之，那小子跑來委託我。」

「委託？」

「我的副業是偵探。」黑澤的表情閃過一絲懊悔，彷彿在說要是沒幹那種副業就好了。「那小子懷疑自己是養子，託我幫他調查。」

「但，結果他並不是養子。」

「我查了各方資料都顯示他不是養子，而且他的狀況是孩子與生母的血型不符，去懷疑父方出軌也很怪。於是，我半信半疑地試著調查抱錯嬰兒的可能性，本來只是出於保險起見，我把那一天出生所有嬰兒的資料查了一遍，最後查出了尾崎。」

「你怎麼確定是抱錯的？」

「現在已經能透過ＤＮＡ鑑定了。」黑澤的表情沒什麼變化，「我有一位工作關係認識的友人在鑑定機構上班，便請他協助。他謊稱做健康檢查，前往拜訪數名當時在同一間醫院出生的人，幫我採集到他們的黏膜檢體。」

「有業者願意幫到這種程度啊？」

「那個故事也是說來話長。」

黑澤說，其實是偶然，協助調查的那個人本身也正為血緣關係的問題煩惱不已，這個世上真的什麼事都有，但大西從他的語氣卻聽不出他有多感慨。

「所以，調查結果是？」

「尾崎確定是今村母親的親生兒子。」

大西當場無語。

她想起和今村一起潛入尾崎住處時的情景。今村口頭說要找值錢東西，卻只是隨便轉了兩圈，便一逕看著漫畫，簡直就是厚著臉皮把朋友家當自己家。當時，他應該是在確認著與自己互換人生的男子的生活樣貌吧。

「是我考慮不周。」黑澤說。大西不知道該怎麼接話，只能沉默以對。

「我啊，無法理解他人的重要事物。」黑澤的語氣聽起來並不是自嘲，他一邊撥弄著薯條繼續說：「發現那小子和尾崎誤換了人生的時候，我的確吃了一驚，卻不覺得事情有多嚴重，於是很理所當然地將實情一五一十回報給他。我以為他那種個性，大概只會說『咦！真的假的？真沒想到啊！』就結束了。」

「你真的這麼想？」

「是啊。」黑澤點頭。

「但是，他得知事實之後卻大受打擊。」

「妳覺得他是哪一點難以接受？」黑澤第一次露出沒把握的神情，「我其實無法體會……」他問道：「那小子是因為哪一點受了打擊？」

大西一直以為黑澤從不詢問別人的看法，被他這麼一問，反而有些不知所措，而黑澤自己也一臉不知所措。

「我想……」大西開口了。一般人的狀況她也不懂，不過，儘管和今村只同居了一年，她覺得自己某種程度應該算是了解今村的個性。「我想，他受的打擊應該不是自己與母親沒有血緣關係這件事。」

「我也覺得。」

「當然他也不是想見他真正的生母。」

「那，他是受到什麼打擊？」

「應該是覺得媽媽太可憐了吧？他大概是想『媽，要不是抱錯嬰兒，妳本來應該有個更優秀的兒子』之類的。」

喔喔。──黑澤似乎也理解了，嘆口氣道：「很有可能吶。」

氣氛緊張的投手戰持續來到第七局下半，情勢有了變化。對手球隊的新人投手開始出現疲態，在一人出局之後，接連出現兩次四壞保送。打線輪到下位，對手採取滿壘策略迎戰。背號七號的第二游擊手站上打席，集觀眾的期待與聲援於一身，第一球便揮棒出去，卻以一壘高飛球告終。

右側看臺區齊聲傳出惋惜的嘆息。

大西不禁轉頭看著左鄰黑澤。兩人出局、滿壘，絕佳的表現機會，但黑澤只是冷冷地望著球場。

就在這時，教練的身影出現在視野下方的選手休息區，只見他緩緩踏出步子，晃著圓墩墩的身軀朝本壘走去，接著抬起手，對裁判說了些什麼。

不久，廣播響起：「大會通知，更換打者。」不知何處傳來的廣播員聲音在空中盤旋，大西不禁環視整個天空，今村也出神地望著頭頂上方。

「換代打，八號打者——尾崎。」

教練無預警地要求更換打者，看臺掀起一片騷動。

在這麼關鍵的時刻挑了尾崎上場，帶著驚訝的批判聲浪與帶著驚喜的喝采各占一半，全場響起加油棒的敲擊聲響與掌聲。坐在大西前排的某個西裝男子說：「怎麼這個節骨眼上換尾崎！在想什麼嘛！」另一位回他說：「不，搞不好很有看頭哦。」這時，有人高喊了一聲「尾崎！」下一瞬間，彷彿受到感染似地，場內觀眾開始此起彼落地喊著尾崎的名字。

至於今村，他張著的口一直沒闔上，顫抖的手指著球場，臉頰抽動，好一會兒才開口：「黑澤先生，」今村啞著嗓子，「真的出場了。」

「嗯。」黑澤斂起下巴，「真的呢。」

大前天晚上，大西聽到整個計畫時曾問黑澤：「你是想鼓勵或是安慰今村，才設計讓尾崎站上打席嗎？」

黑澤只答了句：「不是。」

大西又問：「黑澤先生，你該不會期待尾崎擊出戲劇性的全壘打吧？」你該不會暗自期待這麼一來，或許能讓意志消沉的今村恢復昔日的開朗吧。

「沒有。」黑澤苦笑，「再說，就算尾崎真的擊出了全壘打，又能改變什麼？」聽起來有點諷刺，「不過是支全壘打，救得了人嗎？」

也對，說的沒錯。大西也這麼覺得。「不過就是一顆球飛得很遠罷了。」

觀眾席喊著尾崎的呼聲愈來愈響亮。

大西連忙朝選手休息區望去，只見坐在角落的尾崎起身邁出步子，踏上打擊位置之前，做了幾下膝蓋屈伸，然後握著球棒微仰上半身轉腰熱身，觀眾席的歡呼更大聲了。

「尾崎，久違了呀。」今村的母親似乎很開心。

大西心想，那是妳真正的兒子哦。但所謂「真正的兒子」又是什麼？大西內心的另一個聲音同時詢問著自己。

「媽，妳看，是尾崎！」今村指著球場對身邊的母親說：「媽，妳看仔細了，尾崎上場了喔。」

「我知道，看得見啦，這不是正在看嗎。」

媽，看仔細了，是尾崎喔。——今村仍不停地念著，「那傢伙，太帥了。」

滿壘的壓力下，新人投手投出了第一球。尾崎緊握球棒狠狠一揮，卻當場重心不穩倒下，完美的揮棒落空。觀眾席惋惜聲四起，笑聲陸續傳出，觀眾開始竊竊私語。今村則是雙手抱頭，緊閉著眼。

看臺後方巨大的照明設備將黑暗的夜化為人工的白晝。

第二球，尾崎沒有揮棒。裁判明快地宣判是好球，場內失望的氣氛更濃了。

你不是只有這種程度吧。——大西心想。尾崎，你不是地方知名的高中棒球健兒嗎？雖然詳情我是不清楚啦。

大西猜想，比賽可能會就這麼掃興地分出勝負，沒想到戰況持續拉鋸。尾崎還在撐，接連擊出好幾個界外，第三球、第四球都勉強觸到球棒打擊出去，卻是一球往右、一球往左飛去。尾崎每擊出一球界外，大西便嘆一口氣。

大西一行人坐在外野席，遠遠看向球場，迎面便是尾崎的身影。

大西定睛一看。將球棒握得筆直、側轉上身、穩穩站定瞪著投手的尾崎顯得年紀好小。他穿的並不是藏青夾雜淡藍線條的職業球團制服，而是一身樸素的白色球衣，活脫是個高中棒球健兒的模樣；灰撲撲的衣服上沾了不知是土還是泥巴，卻扎實地散發出一股堅毅的氣息。大西發現，尾崎已無視於觀眾褒貶與緊張情緒，他相信的是自己；也就是說，此刻站在打席上的尾崎，正以自己十多歲平頭時代一貫不變的認真態度迎戰。她不禁全身為之一顫。

第五球投出，尾崎打擊出去。球只擦到球棒，以相當偏的斜角飛出，撞上了場邊圍籬。

「喂——」坐在大西右邊的今村大大地揮舞著雙手喊著：「喂——！尾崎！這裡啦——！」他把尾音拉得很長，像是小孩子快哭出來的樣子。

「幹麻大呼小叫啦，你這個傻孩子。」今村母親笑著說。

尾崎，別光打一些令人洩氣的界外球呀。——大西在內心喊著。對付新人投手更要全力以赴，讓對方無機可乘，不是嗎？如果高中時代的你所向無敵，現在更應該是打遍天下無敵手，不是嗎？她的心跳愈來愈快，握著拳的手都痛了。

右鄰的今村已經一副幾乎要跪求老天爺的姿勢了，大西斜眼瞥了他一眼之後，扯開嗓門大喊：

「你不是棒球Hero嗎！」要我一腳踹飛你嗎！

而就在下一秒，投手以固定式姿勢投出球，尾崎揮棒擊出。

「啊。」大西說，隔壁的今村也「啊」了一聲。恐怕整個看臺的觀眾全都不禁喊出了一聲「啊」。

棒球場的草皮與紅土的顏色在夜間照明下顯得好美，坐在外野席的大西頓時從座位上彈起，挺直身子揮舞著雙拳，腦袋霎時成了空洞，有那麼一瞬間，腦中是無聲的。

狂喜的浪潮淹沒看臺上的觀眾，今村任由眼淚在臉上奔流一邊放聲大喊。那顆球飛越球場上方，迎向夜間照明無法照亮的、無邊無際的深遠夜空。尾崎拋下球棒，眺望著自己擊出的球的飛行軌道，直直地朝天空伸出拳頭，接著，伸出食指指向外野席。黑澤帶著淺笑問了一句：「怎麼啦。」大西一邊拭著眼角回道：「你看嘛……」她好不容易才把話講清楚，「你看……，不過是顆球，卻飛得那麼遠……」

「喂——！」今村邊喊邊揮手。只見尾崎微低著頭，緩緩朝一壘跑去。

謝辭

在寫〈Sacrifice〉的那段時間，我曾前往仙台市的二口溪谷取材，當時向二瓶久先生請教了關於村子與部落的事情，聽到許多有趣的故事，後來也寫進了文章裡，非常感謝。又，承蒙荒蝦夷有限公司　別冊東北學編輯部的各位同行協助取材，並為文章中使用到的方言提供了許多建議，謹此致謝。

另，由於拜見了三谷龍二先生的作品，我突然很想寫一個漂流在漫長時間與空間裡的故事，完成的文章便是〈Fish Story〉。承蒙三谷先生願意提供該作品成為本書封面，實感欣喜之至。

還有，〈洋芋片〉文中某個場景的靈感來自MO'SOME TONEBENDER樂團的某首名曲（若讀者事先得知是哪首歌，或許猜得出故事的發展，因此在這不公開曲名），特此記上。

參考文獻

《創作流行音樂——音樂人．創造性．制度》Jason Toynbee 著　安田昌弘譯　MISUZU 書房

《與山河共存——見聞錄「賴以維生的河川」——》東北藝術工科大學東北文化研究中心．國土交通省東北地方整備局

《Like A Rolling Stone: Bob Dylan at the Crossroads》Greil Marcus 著　菅野 Heckel 譯　白夜書房

首刊於

〈動物園的引擎〉　《小說新潮》二〇〇一年三月號

〈Sacrifice〉　《別冊　東北學　Vol.8》二〇〇四年八月刊

〈Fish Story〉　《小說新潮》二〇〇五年十月號

〈洋芋片〉　單行本收錄新作

集結各篇成為單行本時，作者曾加筆修正。

解說

再見，伊坂幸太郎！

金刀流

我第一次接觸伊坂幸太郎是《奧杜邦的祈禱》，但必須坦誠，那並不是個很好的閱讀起點。在熟知的推理小說應有的邏輯與概念思維下，我有些摸不清這作者想表達的究竟是什麼，總感覺在他所架構的世界裡，一切太過似是而非，並無重點。而後，在某種因緣際會之下，又讀了《重力小丑》，這才真正走進伊坂的世界，從此難以脫身。

隨著伊坂中譯本的逐步出版，又陸陸續續讀了《Lush Life》、《家鴨與野鴨的投幣式置物櫃》等作品，在沉迷的當下回頭重讀《奧杜邦的祈禱》，伊坂的世界已然成為筆者在炙熱、難以喘息的現實裡，一縷清新的空氣。除了這些長篇作品之外，伊坂當然也寫短篇，不過，就像《死神的精確度》或《孩子們》，算是短篇連作，一則一則的故事之間，有其特定的連貫性。因此，本書《Fish Story—龐克救地球》可說是到目前為止，伊坂唯一一本短篇小說集。然而，正是這本唯一的短篇小說集，讓筆者必須語出驚人地說：我將暫時告別伊坂幸太郎。

春說：「真正重大的事情，就是應該要活潑爽朗地傳達。」

若要說伊坂幸太郎的書為何能夠如此吸引人，其中一個原因就像《重力小丑》裡的主角之一弟弟春曾說的：「真正重大的事情，就是應該要活潑爽朗地傳達。」春說這句話時，是他的父親要接受一次生死攸關的重大手術之前，他在病房裡對著哥哥與爸爸說的。在伊坂的文字中，無論出現在《Lush Life》中，那一對令人乍感突兀、終又認同的攜手行搶的老夫妻、或是本書首篇〈動物園的引擎〉的登場人物河原崎或永澤先生，乃至不同的故事裡所提到的動物，都極其擅長以一種輕鬆、淡然的態度面對生活中的跌宕起伏。如上述，春在面對父親的手術，或是行搶的老夫妻在面對垂老之際，毅然擺脫道德規範與內心的退卻與懦弱，決定讓自己在一夕之間蛻變為一對以行搶為業的老鴛鴦，僅卑微地祈禱在生命的最後一刻，綻放炫爛的花火。

而同樣的人生哲學，亦出現在伊坂筆下最正義的、以小偷為業的黑澤口中。在伊坂的作品裡，黑澤出面串場的頻率雖高，然而，卻甚少著墨在他的過去或內心的想法，例如，他為何會淪落至此，正事不做，只憑個人特異獨行的正義感遊走於小偷與業餘偵探這兩種行業。或許，這也是因為黑澤在伊坂的故事裡所被賦與的定位有關吧。

在這些故事裡，黑澤擅長以一句：「所以呢？那又如何？」終結周遭的人眼下所有的煩惱苦痛。就像本書另一篇〈洋芋片〉裡的出場人物今村，當他意外發現自己與母親並沒有血緣關係時，當下最恨的不是這個事實，而是為什麼自己不是另一個他從小崇拜的運動健將、棒球明星尾崎。他懊惱如果當初他和尾崎的境遇互換，媽媽就有了一個比他更優秀的兒子，而不是現在這樣一個一事無成，只能當個初出茅廬的小偷的自己。從此，外表看似樂觀的今村，內心走入自我埋怨的無底洞。而為了將今村拉出他自我設限的桎梏，黑澤再次以他一貫置身事外的語調說：「就算尾崎真的擊出全壘打，又能改變什麼？不過是支全壘打，救得了人嗎？」甚至，將母親抱錯兒子這件事，以不過是買錯洋芋片口味來看待，一句：「法式清湯和鹽味（洋芋片）吃得出差別嗎？」輕輕帶過。

這樣淡淡的一句話彷彿輕忽了人的擔負，卻讓那長久壓在心頭上的歉疚，一下子變得好輕鬆；或許過去有許多無奈，或許當下面臨沉重的打擊，但是，那又如何？眼前仍是一片風和日麗，還有許多探險與更多五味雜陳的人生經驗，值得我們品味再三。

人生僅需為一片美好的風景，只為一件事情執著

而當讀到〈動物園的引擎〉裡的東部森林狼與永澤先生的故事時，感觸極深的是，人，即使擁有太多欲望與財富，未必就能夠滿足。那匹東部森林狼注定必須在動物園的柵欄裡一輩子，突然有一天，在寂靜的夜晚，牠有幸走出牢籠，自由自在地漫步在都市叢林，那晚的星空，可能只是生命中的剎那，卻以永恆的姿態不時地在牠往後被禁錮的歲月裡舞動著。此景宛如史蒂芬．金的小說〈麗泰海華絲與蕭山克監獄的救贖〉，主角安迪雖含冤被判無期徒刑，在獄中更因犯錯被關入漫無天日的禁閉室裡。但是，當他從禁閉室裡被放出來時，他的獄友嘲諷地對他說很痛苦吧，安迪則報以微笑說：在禁閉室裡，他感受到自由，因為，他的心裡有莫札特。安迪心中的莫札特與森林狼那個滿是星星的夜晚，都為他們帶來了自由與勇氣。為了音樂與那美好的風景，他們願意吞下現實的苦藥，只求繼續保有心中最美好的回憶。

與東部森林狼惺惺相惜的永澤先生，為了陪伴他最愛的動物，即使最終淪落到被迫離職、妻離子散，他仍以自己的方式為動物以及這群動物的家盡力。或是本書另一篇〈Sacrifice〉裡的村長陽一郎，為了守護小暮村，他心甘情願被所有人誤會，承受每一位

村民的恐懼與不安。陽一郎為小暮村所做的犧牲，手段或許與一般的道德有著明顯的衝突，然而，這不也正是伊坂小說的迷人之處？他打破了對與錯的界線，讓讀者了解無論面對什麼事，因著每個人看待事物的角度與事物呈現切面的不同，難免會出現各種相異的解讀方式，但也正因為這樣的理解，無形中讓自己更寬容。或是訂為書名的另一篇〈Fish Story〉裡的樂團，雖然時不我與，但在面對解散命運的最後一刻，他們吶喊，即使無法被市場全盤接受，他們寧願選擇將這段吶喊留白，創造歌唱生涯中的唯一一次紀錄。

人生僅需一次，就了無遺憾。狼與永澤先生、陽一郎不同，他們一是為了曾經擁有的風景，一是為了一生中唯一的目標而執著。然而，他們僅為了對別人而言如此微不足道的「一次」，從此幸福地窩在自己的世界裡，並在自己的國度裡，擁有，並滿足著。

這是六個人小世界

《Fish Story—龐克救地球》一共有四個短篇。而閱讀伊坂幸太郎作品的趣味之一，當然是作者不時地讓不同故事裡的人物意外出現在讀者面前。就像〈動物園的引擎〉裡的我，與《奧杜邦的祈禱》裡的主角之一伊藤原是大學同學。在故事與故事之間，主角與配角彼此以一種若有似無的線路串聯，他們有時突然跳進某個橋段，成為故事裡的一隅風景，或是強行走進另一則故事，介入主角的生活。這些在伊坂的文字裡悠遊的虛構人物，總能讓讀者發出會心的一笑。

然而，在〈Fish Story〉這則短篇裡，則體現了伊坂另類的六個人小世界。橫跨四十年，彼此之間毫無關聯的人事物，竟然藉由一個賣座不佳的樂團、強暴案、劫機事件、網路駭客而有所連結，並成為一段不為人知卻別具意義的獨特歷史；也或許，當事人根本完全不知道，原來自己曾在這段歷史中擔綱演出。〈Fish Story〉裡看似無關緊要的故事，充分表達了我們如何面對自己的態度，當我們茫然不知自己的人生定位在哪裡時，伊坂透過故事訴說著，一個人存在於這個世界上，雖只是獨立的個體，卻如此舉足輕重，每一步都可能影響未來的某個人或某件事，甚至拯救了未來世界，但一貫詼諧偶爾搞笑的筆法，讀來毫無壓力，反而讓我們能以更輕鬆的方式看重自己，收起急於否定人生的怨氣。

也許有些讀者會像我初次讀《奧杜邦的祈禱》那般，在讀完本書後，頓生小說意義不明，甚至有點隔靴搔癢的感覺。然而，這就是伊坂幸太郎。他不像其他作家，直接將人生的果實或大道理呈現在讀者面前，他僅提供一把萬用鑰匙，而我們周遭充斥著許多道未開啟的門，這些門，可能代表現在或坐、或站在你身旁的同學、同事與朋友，他們各自擁有自己的故事，等待你去了解、發掘。這些門，可能代表不同人生的主題曲，有些人的故事由瑪麗蓮夢露吟唱，有些人的故事以巴布．迪倫的歌為組曲，或只是地下樂團的悲鳴，不為人知，卻樂在其中。門後會通往哪裡，單看自己如何與門後的人事物進行第一類接觸。

此刻，我已默默伸手拿到伊坂交至手中的萬用鑰匙了。願你與我一樣，在讀完本書後，暫時告別伊坂，選擇周圍任一道門，開啟，然後，離開這裡，尋找另一段故事。或者，哪裡也不去了，寧願像〈Fish Story〉裡的樂團，在專輯裡留下長長一段空白，為自己留下一段反省、審視內心的時間。

再見，伊坂幸太郎！

作者介紹

金刀流，日系推理迷。

伊坂幸太郎作品集10

Fish Story——龐克救地球

フィッシュストーリー

作者　伊坂幸太郎
翻譯　阿夜
原出版社　新潮社
編輯總監　劉麗眞
責任編輯　王淑儀（一版）、張麗嫺（二版）
總經理　陳逸瑛
榮譽社長　詹宏志
發行人　涂玉雲
出版　獨步文化
城邦文化事業股份有限公司
104台北市中山區民生東路二段141號5樓
電話：(02) 2500-7696　傳眞：(02) 2500-1967
發行　英屬蓋曼群島商家庭傳媒股份有限公司城邦分公司
104台北市中山區民生東路二段141號2樓
讀者服務專線：(02)2500-7718；2500-7719
24小時傳眞服務：(02)2500-1990；2500-1991
服務時間：週一至週五　上午09:30～12:00　下午13:00～17:00
讀者服務信箱E-mail：service@readingclub.com.tw
劃撥帳號：19863813　戶名：書虫股份有限公司
總經銷　大和書報圖書股份有限公司
電話：(02)8990-2588；8990-2568　傳眞：(02)2290-1658；2290-1628
香港發行所　城邦（香港）出版集團有限公司
新址：香港灣仔駱克道193號東超商業中心1樓
電話：(852) 25086231　傳眞：(852) 25789337
E-mail：hkcite@biznetvigator.com
馬新發行所　城邦（馬新）出版集團
Cite (M) Sdn Bhd
41, Jalan Radin Anum, Bandar Baru Sri Petaling,
57000 Kuala Lumpur, Malaysia.
電話：(603) 90578822　傳眞：(603) 90576622
email：cite@cite.com.my

城邦讀書花園
www.cite.com.tw

封面設計　倪旻鋒
印刷　前進彩藝有限公司
排版　陳瑜安

初版　2009年（民98）11月
二版　2018年（民107）10月
定價　320元
ISBN 978-986-96952-0-6

國家圖書館出版品預行編目資料

Fish Story—龐克救地球 / 伊坂幸太郎著, 阿夜譯. 初版. --
台北市：獨步文化：家庭傳媒城邦分公司發行, 民107.10
面；　　公分. --（伊坂幸太郎作品集：10）
譯自：フィッシュストーリー

ISBN 978-986-96952-0-6（平裝）

861.57　　　　98019360